El ÚLTIMO MOHICANO

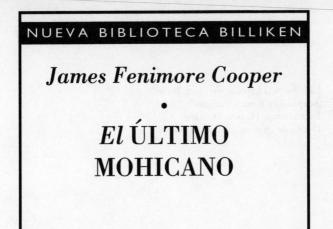

NUEVA BIBLIOTECA BILLIKEN

James Fenimore Cooper

•

El ÚLTIMO
MOHICANO

EDITORIAL ATLANTIDA
BUENOS AIRES • MEXICO

Edición: Ana Liarás y Verónica Vercelli
Adaptación: Rosa S. Corgatelli
Ilustraciones: Horacio D. Gatto
Diseño de interior: Claudia Bertucelli

Título original: THE LAST OF THE MOHICANS
Copyright © Editorial Atlántida, 1940
Copyright de la presente edición © Editorial Atlántida, 1997
Derechos reservados. Primera edición publicada por
EDITORIAL ATLANTIDA S.A.,
Azopardo 579, Buenos Aires, Argentina.
Hecho el depósito que marca la Ley 11.723.
Libro de edición argentina.
Impreso en España. Printed in Spain. Esta edición se terminó
de imprimir en el mes de setiembre de 1997 en los talleres gráficos
de Rivadeneyra S.A., Madrid, España.

I.S.B.N. 950-08-1777-2

I

A mediados del siglo XVIII, en el territorio que habría de convertirse en los Estados Unidos, Francia e Inglaterra sostenían intensas luchas por conquistar el dominio sobre las colonias de América del Norte. No sólo el fragor de las batallas contribuyó a hacer tan penosa esta lucha, sino también la naturaleza del lugar donde se desarrollaban los enfrentamientos. Bosques extensos e impenetrables, altas montañas y caudalosos ríos y cascadas obstaculizaban el movimiento de los ejércitos de uno y otro bando y, muchas veces, los vencían de agotamiento. No obstante, resueltos a conquistar a cualquier costo aquellas tierras para sus respectivos reyes, tanto los militares franceses como los ingleses —así como los colonos, que defendían su propio derecho a habitar allí— poco a poco aprendían de los indígenas, naturales de aquellas regiones, a soportar el agotamiento y las privaciones y a resistir las dificultades que les presentaba la naturaleza.

Los hechos que se desarrollan en esta historia tuvieron lugar en el tercer año de la última guerra que mantuvieron Francia e Inglaterra por la posesión de unas tierras que, al fin, no iban a pertenecer a ninguno de ambos países.

Los ejércitos rivales habían establecido una frontera que los separaba, formada por el lago Champellain —Horican, para los indígenas—, que se extendía desde la frontera con el actual Canadá hasta la mitad de lo que es hoy el estado de Nueva York; hacia el centro de esta línea había un paso cuya posesión codiciaban los franceses, para poder atacar mejor a sus enemigos. En uno y otro extremos de ese camino de doce leguas se alzaban los dos fuertes británicos, el Edward y el William Henry. Fue en esta región codiciada donde se desarrollaron la mayoría de las batallas entre franceses e ingleses.

Debido a que los militares británicos habían sido derrotados en varias ocasiones, tanto los militares franceses como los colonos que vivían en los alrededores de la zona tendían a creer que serían los galos los que al fin y al cabo salieran victoriosos en la lucha por el control de las colonias de América del Norte. De manera que no resultó una gran sorpresa para nadie cuando un mensajero indígena llegó una noche de verano al fuerte Edward, portando la noticia de que el general francés Montcalm había sido visto a orillas del lago Champellain con un ejército muy numeroso en las inmediaciones de los frondosos bosques que lo rodeaban.

El mensajero había sido enviado por Munro, comandante del otro fuerte, el William Henry, situado junto al lago, en el extremo norte del camino. De origen escocés, era un militar fiel a la Corona inglesa, que conocía muy bien tanto la zona como la gente que la habitaba, y era respetado por su valentía y sangre fría. De manera que, cuando en el fuerte Edward recibieron su mensaje, en el que pedía refuerzos para combatir a las tropas lideradas por Montcalm, nadie dudó de la veracidad del informe llevado por el indígena.

El general Webb, que comandaba el fuerte Edward, decidió enviar a Munro algunos soldados y colonos, para ayudarlo a defender el fuerte William Henry. Los combatientes partieron al amanecer.

Mientras tanto, se preparaba también otra partida. Ante la mirada de algunos curiosos, y supervisados por el preocupado general Webb, unos criados alistaron seis caballos. Cuando todo estuvo listo, los viajeros montaron y en silencio emprendieron la marcha hacia el norte.

Componían el grupo un oficial mayor del ejército inglés, Duncan Heyward, ataviado con un vistoso uniforme rojo, y dos muchachas, hijas del coronel Munro. Ambas eran hermosas y de aspecto tan delicado que desentonaba con toda la rudeza que las rodeaba. Cora, la mayor, tenía el pelo oscuro; Alice, la menor, era rubia y de ojos muy claros. Heyward tenía el encargo de protegerlas durante el viaje; era evidente que esta misión no le resultaba desagradable, a juzgar por la solícita atención que prodigaba a las jóvenes, en particular a una de ellas.

Debido a que el fuerte William Henry era objeto de vigorosos ataques por parte de las tropas francesas y sus aliados, la tribu indígena de los hurones, y que por lo tanto para las muchachas habría sido riesgoso seguir el mismo camino que el de las tropas de refuerzo enviadas por Webb, se había decidido que las dos jóvenes y el oficial que las escoltaba viajaran guiados por un piel roja conocedor de la zona, que los llevaría por un trayecto poco frecuentado.

Este indígena, que encabezaba el grupo, era el mismo que horas antes había llevado el mensaje de Munro; lo llamaban Zorro Sutil. Era un hombre de cabello renegrido, piel oscura y rostro de rasgos duros; un personaje que en el pasado había tenido problemas con el coronel Munro y que, aunque había sido perdonado, no había olvidado...

A poco de andar, Alice acercó su caballo al del oficial y le preguntó en voz baja:

—¿Quién es ese hombre, Heyward?

—Es un mensajero de nuestro ejército —respondió el joven— que se ofreció a llevarnos al lago por un sendero que pocos conocen, para disminuir el riesgo de que nos ataquen tribus indígenas enemigas.

—No me agrada su aspecto —dijo Cora.

—Es un hombre de confianza —la tranquilizó Heyward—, aunque resulta difícil comunicarse con él, porque simula no entender el inglés. Nació en Canadá y se crió con los mohawks, una de las seis tribus aliadas amistosas con nosotros. Hace un tiempo tuvo un entredicho con tu padre, pero fue un problema que ya se ha solucionado.

—Que haya sido amigo mi padre, y después enemigo, y ahora nuevamente un aliado —respondió Alice— me da aún más motivos para desconfiar...

En ese momento Zorro Sutil, que había detenido su cabalgadura, les señaló que tomarían un angosto sendero, por el que sólo podían ir uno detrás del otro, aunque después se ensanchaba y permitía más libertad de movimientos.

Tras andar por allí una corta distancia, se acercó al galope un hombre de aspecto bastante estrafalario. Su indumentaria y su cuerpo desgarbado no podían ser más pintorescos; las prendas de colores desentonados, ajustadas a los miembros nudosos, le daban un aire de desproporcionado espantapájaros. Tenía el cuello muy largo, piernas flacas, y una cara que resultaba a la vez cómica, triste y dulce. Se llamaba David Gamut y su profesión —era maestro de canto— no podía resultar más inadecuada para aquellas regiones incultas.

Alice sonrió al verlo; los ojos de Cora brillaron divertidos.

—¿Trae malas noticias? —le preguntó Heyward cuando el jinete llegó junto a ellos.

—No —respondió el hombre, jadeando—. Pero supe que se dirigen al fuerte William Henry, y, como yo también voy hacia allá, pensé que tal vez les vendría bien un compañero de viaje... y un hombre más que contribuya a escoltar a estas hermosas damas.

—Por mí, no tengo problema —respondió Heyward con aire afable—, pero creo que deberíamos consultar a las señoritas —agregó, volviéndose hacia Cora y Alice.

—A mí me cae muy simpático —dijo Alice—. Además, no sólo creo que sería grosero no aceptar su compañía, sino que, si surgen problemas en el trayecto, cuantos más seamos, mejor.

El oficial inglés la miró unos instantes, fascinado como siempre por la belleza de la muchacha, y pronto prosiguieron la marcha.

De pronto Heyward, al mirar hacia atrás, creyó ver un bulto que se movía tras unos frondosos matorrales; esperó un momento, volvió a mirar; esta vez no vio nada. Tranquilizado, avanzó con sus compañeros por el camino que les indicaba el guía indígena.

La percepción de Heyward, empero, no se había equivocado. Cuando se alejó la comitiva, surgió de los matorrales un hombre de maligna apariencia, un hombre que los espiaba.

II

Mientras Cora, Alice, Heyward y Gamut se dirigían al fuerte por la senda indicada por Zorro Sutil, cuando el sol comenzaba a ponerse y el calor se tornaba menos intenso, a cierta distancia hacia el oeste había dos hombres que, sentados junto a un río bajo la silenciosa sombra de los árboles, esperaban.

Uno de ellos, un guerrero indígena de bastante edad, tenía pintado en el cuerpo, casi desnudo, el símbolo blanco y negro con que su tribu representaba la muerte. Su cabeza rapada, como las de todos los de su raza, conservaba sólo un mechón en lo alto, adornado con una pluma de águila o de halcón que le caía sobre un hombro; a la cintura llevaba sujetos un hacha indígena y un cuchillo inglés. Sobre las rodillas sostenía un fusil.

El otro, más joven, de piel tan curtida y oscura como la del piel roja, traicionaba, pese a su apariencia salvaje y su ropa descuidada, su origen europeo. Era delgado, pero fuerte y musculoso; sus ojos, vivaces y alertas; su rostro reflejaba un carácter hosco pero honrado. Vestía con una mezcla de prendas europeas e indígenas que reflejaban su condición de cazador, y a manera de armas llevaba un cuchillo, un fusil y un recipiente con pólvora.

El primero se llamaba Chingachguk y era uno de los más grandes jefes del pueblo mohicano, uno de los primeros en ser disperso y destruido por los hombres blancos, y cuya descendencia sólo se encontraba en un pequeño grupo de delawares que llevaba una vida pacífica y sostenía una posición neutral con respecto a las contiendas de ingleses y franceses.

El otro había sido bautizado en un principio Ojo de Halcón por los indígenas de los territorios donde había pasado su juventud; después, por su fama de tirador experto e infalible, se había ganado el mote de Carabina Larga. Era un cazador de raza blanca que se había familiarizado con la vida montaraz y con los usos de los indígenas. Era amigo de unas tribus y enemigo de otras, en particular la de los hurones, temidos por su astucia y su crueldad. En forma ocasional colaboraba, con sus aptitudes para la observación y la exploración, con el ejército de los ingleses.

Bajo la sombra de los árboles, mientras esperaban junto al río, los dos hombres conversaban, en la lengua de la mayoría de los pueblos que habitaban entre los ríos Hudson y Potomac, sobre las largas luchas con otras tribus que habían llevado, al cabo de los años, a la casi extinción de la raza de Chingachguk.

—Cuéntame de tu tribu —pidió Ojo de Halcón.

—Mi tribu es la madre de las naciones —respondió el hombre mayor—; la sangre que corre por mis venas es pura y sin mezcla. Pero mis hermanos... Lamentablemente, tras pelear con tantos pueblos por conquistar el país que nos pertenecía, poco a poco fueron desapareciendo. Cuando yo muera, sólo quedará Uncas. Y cuando muera Uncas dejará de existir para siempre nuestra sangre, porque mi hijo es el último de los mohicanos.

En ese preciso instante apareció otro piel roja, joven, de aspecto ágil y musculoso, que exclamó con tono afable:

—¡Aquí estoy! ¿Para qué necesitan a Uncas?

Ojo de Halcón se sobresaltó ante esta súbita presencia, pero enseguida se dio cuenta de que el recién llegado era el hijo de Chingachguk.

—¿Cómo nos has encontrado? —preguntó el jefe indígena.

—Me limité a seguir sus huellas, aunque me costó bastante encontrarlas...

—¡Silencio! —interrumpió de pronto

Chingachguk, que se puso de pie de un salto y aguzó el oído—. Vienen caballos... caballos de hombres blancos. —Tras unos segundos agregó: —Ojo de Halcón, creo que son gente de los tuyos.

Pocos momentos después surgió de la frondosa vegetación el oficial Duncan Heyward, que avanzó hacia ellos.

—¿Quién eres? ¿A qué vienes? —le preguntó Ojo de Halcón, tras tomar el fusil en gesto defensivo.

—Con nosotros no corren peligro —se apresuró a responder Heyward—. Tomamos por este bosque para dirigirnos al fuerte William Henry, pero, buscando agua para nuestros caballos cansados y sedientos, creo que nos hemos perdido... ¿Saben a qué distancia del fuerte nos encontramos?

—¡Se han desviado mucho! —contestó Ojo de Halcón, asombrado—. Creo que más les convendría ir al fuerte Edward, siguiendo el curso de este río.

—¿El fuerte Edward? —preguntó

Heyward—. ¡Pero si esta mañana salimos
de allí!... Nos condujo un guía indígena
que decía conocer un camino más corto,
pero hemos andado ya mucho, y ni rastros
del fuerte William Henry... Creo que
nuestro guía no conoce la zona y se ha
perdido.

—¡Imposible! —exclamó Ojo de
Halcón, alarmado—. No conozco un solo
piel roja que se pierda en el bosque. Esto
es muy raro... ¿Es un mohawk?

—Según tengo entendido, nació entre
los hurones, pero luego lo adoptaron los
mohawks.

—¡¿Hurón?! —exclamaron Chingachguk y Uncas al mismo tiempo—. Ésa
es una tribu perversa; no se puede con-
fiar en ellos. No sería raro que los
hubieran engañado...

—Se equivocan —replicó el oficial—.
Hace tiempo que es correo nuestro y...

—Un momento —interrumpió Ojo de
Halcón—. Quisiera verlo. Si es un verdadero mohawk, lo reconoceré enseguida,
por su aspecto y su modo de pintarse.

Heyward accedió, y ambos hombres se dirigieron hacia donde aguardaban las dos muchachas, el maestro de canto y el guía, que había desmontado y se hallaba apoyado de espaldas contra un árbol.

Ojo de Halcón se le acercó, lo miró con detenimiento y se apartó. Al volver, pasó junto a las jóvenes, cuya belleza lo cautivó. Cuando llegó adonde esperaba Heyward, dictaminó:

—Sin duda alguna, es un hurón. Y si es hurón, seguirá siendo hurón hasta su muerte, aunque lo hayan adoptado los mohawks. No les conviene seguir a ese guía; es muy probable que en lo profundo del bosque estén esperando sus secuaces para tenderles una emboscada. Si quiere, me ofrezco a llevarlos al fuerte Edward.

—Veo que mis sospechas no estaban tan erradas —respondió Heyward—; en la actitud del guía había algo que no terminaba de gustarme... Bien, aceptaré con gusto su propuesta de acompañarnos, ¿pero qué hacemos con el mensajero?

—Creo que tendremos que matarlo, para que no pueda consumar la traición que planeaba.

—¡De ninguna manera! Hasta el momento no tenemos pruebas de que quisiera emboscarnos...

—Entonces... —Ojo de Halcón pensó unos instantes. —Bien, haremos lo siguiente: usted vuelva con el guía, como si no sospecháramos nada, y mientras tanto mis dos amigos, que son mohicanos y saben cómo enfrentarse con un hurón astuto, darán un rodeo y lo atraparán.

Así intentaron hacerlo. Heyward fue a hablar con Zorro Sutil para distraerlo, al tiempo que Chingachguk y Uncas penetraban en el bosque para sorprenderlo por detrás. Ojo de Halcón se mantenía alerta.

Sin embargo, mientras hablaba con Heyward, Zorro Sutil, guiado por sus finos instintos, intuyó que se tramaba algo en su contra. De pronto, en medio de la charla supuestamente amistosa, asestó un puñetazo en el vientre a Heyward y de un salto se internó en el bosque, justo cuando llegaba Chingachguk, que corrió a perseguirlo.

Unos segundos después se oyó el ruido de un disparo, y Heyward comprendió que había provenido del fusil de Ojo de Halcón.

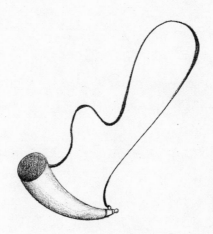

III

Tras unos momentos de estupor, Heyward se recuperó del puñetazo y se puso de pie. Pocos minutos después aparecieron Chingachguk, Uncas y Ojo de Halcón.

—No pudimos encontrarlo —dijo el cazador, desalentado.

—Ya lo atraparemos —contestó Heyward, más animado—. Debe de haberse escondido en algún lugar del bosque. El disparo lo habrá herido, de modo que podremos seguir el rastro de sangre y...

—Tal vez haya sido sólo una herida superficial y no sangre lo suficiente como para dejar huellas —objetó Ojo de Halcón.

—Bueno, aun así creo que...

—No sea tan optimista —lo interrumpió Ojo de Halcón, que conocía bien a los hurones—. Lo más probable es que haya ido a buscar ayuda entre los de su tribu. Eso quiere decir que somos nosotros los que corremos peligro... Yo digo que debemos salir de aquí lo antes posible y buscar enseguida un refugio. No olvide que nos acompañan dos damas, y debemos protegerlas.

Chingachguk y Uncas eran de la misma opinión de Ojo de Halcón. Ante el dictamen de aquellos tres hombres tan conocedores de las temibles tretas de los hurones, Heyward tuvo que aceptar que ésa era la única salida.

—Dígame, entonces, ¿qué haremos? —preguntó Heyward a Ojo de Halcón. Se sentía doblemente inquieto, pues observó que ya comenzaba a anochecer.

Ojo de Halcón habló un momento con los dos mohawks, en lengua indígena. Al cabo de unos momentos le respondió:

—Mis compañeros conocen un escondite seguro donde guarecernos, un lugar donde las mujeres estarán seguras. Nos pondremos en marcha ya mismo. Sólo exigen una cosa a cambio: que prometan no hablar nunca con nadie acerca del lugar adonde iremos ni de lo que allí pueda ocurrir.

—Tiene usted mi palabra, y no dudo de que los demás lo harán también —aseguró Heyward.

Los cuatro hombres volvieron hacia donde aguardaban las damas y el maestro de canto, y pronto los pusieron al tanto de lo sucedido y de la decisión que habían tomado. Las muchachas se asustaron al enterarse del peligro que los acechaba, pero pronto se sobrepusieron; Gamut, en cambio, tomó la noticia con asombrosa tranquilidad.

No perdieron tiempo; enseguida emprendieron la marcha, a pie, salvo las muchachas, a quienes, para aliviar las fatigas del camino, permitieron ir en las

cabalgaduras. Heyward conducía los otros
caballos por las bridas; Ojo de Halcón le
había hecho ver que les convenía llevar
los animales consigo, para engañar a los
hurones.

Guiados por Ojo de Halcón bajo las
sombras del crepúsculo, entre los
matorrales que crecían junto al río, al cabo
de poco rato llegaron a un recodo del río
donde, oculta bajo unos juncos y ramas,
había una canoa. El cazador pidió a Cora,
Alice y Heyward que subieran, y luego lo
hizo él; el cuarteto siguió su avance por
el río, mientras Chingachguk y Uncas los
acompañaban a pie por la orilla, llevando
los caballos y seguidos a duras penas por
Gamut.

Por fin llegaron a un sitio bien conocido por los dos mohawks y el cazador,
cercano a unas elevaciones rocosas de tor-
tuosas formas. Los que iban en el bote
bajaron a tierra firme, donde Chingachguk y Uncas ya habían escondido los
caballos entre unos matorrales; allí nadie
podría distinguirlos en la oscuridad.

—Síganme —les indicó Ojo de Halcón, y los condujo hacia el interior de una caverna que se abría en las rocas. Tras andar unos pasos por una especie de túnel, llegaron a un recodo; al doblar por allí se encontraron con los dos mohawks, que habían encendido una fogata y se hallaban sentados ante ella, aguardándolos.

Sólo en ese momento Duncan Heyward, Cora y Alice tuvieron oportunidad de observar con detenimiento al joven Uncas, en quien hasta entonces casi no habían reparado. Apuesto y musculoso, era un perfecto representante de la belleza y la apostura de su raza; tenía rasgos muy marcados y unos ojos oscuros que mostraban a un tiempo altivez y sensibilidad. Al contemplarlo, tanto el oficial como las muchachas se sintieron más tranquilos, aun en medio de aquella situación de peligro e incertidumbre.

—Sabiendo que este hombre nos cuidará, ya no me siento tan inquieta —dijo

Alice, y su hermana y Heyward hicieron gestos de asentimiento.

Una vez que se acomodaron en la gruta, Ojo de Halcón propuso que todos comieran algo, para que luego las muchachas trataran de descansar, mientras los hombres se turnaban para montar guardia.

—¿Estaremos seguros en esta caverna? —quiso saber Heyward—. He visto una sola entrada, de modo que, si alguien nos ataca penetrando por allí, quedaremos atrapados aquí dentro...

Ojo de Halcón transmitió la pregunta a Chingachguk, en su lengua. A manera de respuesta, el anciano mohicano se puso de pie, tomó una antorcha improvisada con una rama y se dirigió al otro extremo de la gruta, que hasta ese momento había permanecido a oscuras. Al tender la antorcha, a la luz del fuego los demás vieron que había otra salida.

—Esa abertura la formó, a lo largo de muchos años, el agua de las cascadas cercanas —explicó Ojo de Halcón—. Podemos salir por allí. Salvo esa salida, el agua nos rodea por todas partes; es nuestra mejor defensa.

Mientras tanto, Chingachguk cocía al fuego unos pedazos de ciervo que había cazado Ojo de Halcón, al tiempo que Uncas preparaba con ramas unos lechos para que durmieran Alice y Cora. Aunque ninguno de los otros había reparado en ello, el joven mohawk parecía haberse prendado de la hermosa Cora; ésta, a su vez, también miraba con arrobamiento al joven y atractivo piel roja.

Poco después, terminada la frugal pero sabrosa comida, las muchachas se retiraron a la parte posterior de la caverna, para tratar de dormir y descansar un poco tras los agitados acontecimientos de aquella jornada inesperada.

IV

Las muchachas aún no habían logrado dormirse, preocupadas no sólo por la situación en que se hallaban, sino por su padre, el coronel Munro, que debía de sentirse muy angustiado al no tener noticias de las muchachas, a las que sin duda esperaba desde hacía horas en su fuerte. Mientras compartían su tristeza, un grito espantoso resonó en toda la caverna.

De inmediato, Ojo de Halcón y Heyward salieron a investigar. Alice y Cora, superando el miedo, se quedaron esperando, protegidas, a cierta distancia, por la atenta vigilancia de Uncas.

Afuera, en medio de la negrura de la

noche, Heyward, armado con dos pisto-
las, y Ojo de Halcón, con el rifle preparado
para disparar, observaban en todas direcciones, tratando de averiguar qué era lo
que había causado ese grito escalofriante.

A poco de avanzar hacia un saliente
de las rocas poblado por unos árboles, el
grito se repitió. Al oírlo desde el interior
de la caverna, también Uncas salió a
reunirse con los otros dos hombres.

—Es el grito de miedo y dolor que
lanzan los caballos cuando los ataca un
lobo —dijo Ojo de Halcón al fin.

—Sí —convino Uncas—. Tal vez haya
una manada de lobos cerca de aquí. Habrá
que dispersarlos, antes de que los aullidos
atraigan a los hurones.

Sin perder tiempo, Uncas se dirigió al
barranco donde se hallaban los caballos,
para arrojar un tizón encendido entre los
lobos y ahuyentarlos.

Unas horas más tarde, cuando apenas

comenzaba a clarear, el grupo ya se hallaba listo para regresar al fuerte Edward, ya que habían llegado a la conclusión de que por el momento, ante la posibilidad de que los hurones los acecharan en el bosque, no les convenía intentar el riesgoso trayecto hasta el fuerte William Henry.

Cuando estaban a punto de emprender la marcha, de nuevo los inmovilizaron unos gritos tan terribles como los de la noche anterior. Al mismo tiempo resonó un disparo en la orilla opuesta, y al instante el maestro de música se desplomó en el suelo. Con asombrosas rapidez y puntería, Ojo de Halcón disparó su arma hacia el lugar de donde había provenido el primer tiro; otro grito —esta vez de dolor— fue la respuesta inmediata.

Luego se hizo un silencio y retornó la calma. El oficial Heyward se acercó a revisar a Gamut y vio con alivio que el maestro apenas tenía una herida leve, aunque el susto y la impresión le habían hecho perder la conciencia. Ojo de Halcón ordenó que lo llevaran al interior de la caverna hasta que se repusiera.

—Debemos tener mucho cuidado —advirtió—. Los hurones volverán a intentar atacarnos. Creo que por ahora nos conviene guarecernos entre estas rocas, hasta que Webb nos envíe ayuda.

—Si nos atacan, nos defenderemos —afirmó Heyward con valentía, y fue a ver cómo se encontraban las muchachas y el desdichado maestro de canto.

Tras comprobar que Gamut se reponía y Cora y Alice mantenían la calma con valiente entereza pese a la situación, retornó junto a Ojo de Halcón y los dos mohawks. Los cuatro ocuparon sus sitios en las rocas, montando guardia.

—No creo que vuelvan a atacarnos —le comentó Heyward a Ojo de Halcón—. Este lugar es casi inaccesible.

—No se engañe con respecto a los hurones —contestó el cazador—. Ellos son muchos, y nosotros, muy pocos. No tengo la menor duda de que pronto volverán a la carga.

Muy poco después, Heyward, alertado por Ojo de Halcón, vio que, en efecto, un grupo de hurones avanzaba hacia ellos a nado, desafiando la impetuosa corriente del río. El cazador dio rápidas instrucciones a Uncas, que asintió con gesto grave y se dispuso al ataque.

—Sin duda vienen a esta isla rocosa —le explicó Ojo de Halcón a Heyward—. Pero no les será tan fácil salirse con la suya; irán cayendo uno a uno.

Y así fue: en cuanto aparecieron los primeros hurones por sobre el borde de las rocas, Ojo de Halcón y Uncas les dispararon, secundados por Heyward. Sin embargo, otro grupo de enemigos logró alcanzar las rocas, y entonces la lucha fue ya inevitable.

Ojo de Halcón se lanzó sobre uno de los hurones y pronto lo venció; los dos mohicanos, que defendían la entrada de la gruta, lucharon cuerpo a cuerpo con los invasores, mientras Heyward forcejeaba con todas sus fuerzas con otro piel roja que trataba de arrojarlo al agua. En el último instante, cuando el hurón ya casi había derrotado a Heyward, Uncas lo derribó clavándole su cuchillo.

En la primera tregua del combate, Heyward estrechó conmovido la mano del joven mohicano.

—Acabas de salvarme la vida —le dijo—. Te quedo agradecido para siempre y ten la seguridad de que a partir de ahora puedes considerarme un amigo leal que jamás olvidará tu gesto.

Uncas le devolvió el apretón de manos en silencio, mientras Ojo de Halcón respondía:

—Salvarse la vida es una obligación entre amigos. Alguna vez yo mismo lo he hecho con Uncas, y él me arrancado cinco veces de las garras de la muerte.

El breve momento de calma se vio pronto interrumpido, pues los hurones volvieron al asalto. Primero atronaron con su gritería infernal y numerosas balas fueron a estrellarse contra las rocas donde se encontraban parapetados los viajeros. Después, ante la vigorosa resistencia de los mohicanos y Heyward, intentaron una estratagema que resultó verdaderamente abrumadora: mientras un hurón los distraía encaramado en la copa de un árbol, otro, nadando en el río sin que lo advirtieran, consiguió llevarse la canoa que los mohicanos habían escondido en las aguas. Éste fue un golpe duro e insuperable, pues la canoa era el único medio que tenían para alejarse de aquel lugar, y además en ella quedaba la última provisión de pólvora con que contaba el grupo.

Sin munición ni manera de escapar, estaban perdidos.

Tras un largo y penoso silencio, Heyward dijo al fin:

—No desesperemos. Todavía podemos defendernos de algún modo en la caverna.

—¿De qué manera? —replicó Ojo de Halcón—. No tenemos más que las flechas de Uncas, y con eso no podremos contra todos esos hurones. —Resignado a su suerte, se volvió hacia Chingachguk:

—Hermano, ésta ha sido la última vez que hemos combatido juntos.

Antes de que el impasible jefe mohicano o su hijo pudieran responder, se acercó Cora, que, asustada y silenciosa, había escuchado estas últimas palabras de los hombres.

—No tienen por qué darse por vencidos todavía —dijo con valentía—. Pueden atravesar el río a nado e ir a pedir ayuda a mi padre. Alice y yo los esperaremos bien escondidas en la caverna.

Los hombres guardaron silencio unos instantes. Fue Ojo de Halcón el que habló primero.

—Es sensato lo que dices —reconoció, conmovido por el valor y la astucia de Cora—. Chingachguk, Uncas, ¿entendieron lo que dijo esta muchacha? —Se volvió para traducirles el plan. —Luego volvió a dirigirse a la muchacha: —Haremos lo que propones.

—¿Y qué ocurrirá si, pese a todas las

precauciones que tomen para esconderse, los hurones logran encontrarlas y se las llevan? —preguntó preocupado Heyward, nada convencido de ese curso de acción, que dejaba desprotegidas a las muchachas a las que le habían encargado cuidar.

—En ese caso, tendrán que dejar rastros bien evidentes a lo largo del camino por el que las lleven, de manera que podamos ir a rescatarlas en cuanto obtengamos refuerzos —respondió Ojo de Halcón, también preocupado, pero decidido a luchar hasta las últimas consecuencias, a intentar hasta lo imposible.

Ojo de Halcón preparó el fusil, listo para salir en su misión, acompañado por Chingachguk. Uncas, empero, vacilaba.

—Quiero quedarme aquí —dijo, mirando a Cora.

—No, es preciso que vayas tú también —lo urgió la muchacha con dulzura—. No demoren en partir a buscar ayuda, y no teman por nosotras. Sabremos cuidarnos.

También Uncas, entonces, aunque

abatido por la tristeza, se zambulló en el río tras sus compañeros.

Sólo quedaba Heyward, que aún dudaba, pues creía que partir con los otros hombres era como traicionar la misión de que lo había hecho responsable Munro al encomendarle la seguridad de sus hijas. Pese a su resistencia, Cora lo convenció de que sería más útil uniéndose a los demás que tratando de protegerlas allí, donde no había huida posible.

Luego Cora tomó del brazo a su hermana y juntas penetraron en lo profundo de la caverna.

V

Una vez que Ojo de Halcón, Chingachguk y Uncas se perdieron de vista en las aguas del río y más allá, volvió a reinar el silencio en la cueva y el paisaje que la rodeaba.

Duncan Heyward y David Gamut, sin embargo, no se habían marchado; permanecían frente a la caverna, uno, reacio a dejar allí a las muchachas, montando guardia; y el otro, todavía aturdido, recuperándose de su herida.

Transcurrido un rato, al comprobar que los hurones ya no daban señales de acecharlos, Heyward decidió que lo mejor sería que se ocultaran todos en la caverna.

Así lo hicieron, y entonces procedió a tapar la entrada de la gruta con montones de ramas, de modo que los enemigos no pudieran descubrirla.

Se equivocaba, sin embargo.

No habían pasado mucho tiempo en las entrañas de su escondite, cuando oyeron los renovados gritos de los hurones, primero a lo lejos, después en las rocas que rodeaban la caverna, y enseguida en las inmediaciones de la entrada de la gruta.

Heyward, que a lo largo de los años había conseguido aprender algo de la lengua de los indígenas, prestó atención a lo que alcanzaba a oírles decir. Al cabo de unos instantes dijo a sus compañeros:

—Por lo que entendí, no atraparon a nuestros amigos, o sea que aún podemos tener esperanzas de que en unas horas llegue la ayuda enviada por Webb. —Calló unos segundos y concluyó: —Sólo debemos rezar para que estos hurones no encuentren la entrada de la caverna. Si se van, estaremos a salvo hasta que vengan a rescatarnos.

Por desgracia, Heyward se equivocaba otra vez.

Apenas si había terminado de hablar cuando la expresión aterrada de Alice lo hizo mirar hacia el otro extremo de la cueva, el que daba al río. Y lo que vio también lo paralizó a él: allí, de pie entre las piedras, con mirada feroz y triunfal, se hallaba el guía traidor, Zorro Sutil.

Casi sin pensarlo, Heyward disparó su fusil.

Lejos de abatir a Zorro Sutil, el ruido y el humo de la descarga sólo lograron atraer a los otros hurones, que en pocos segundos encontraron la entrada tapada por ramas, la despejaron, entraron en la caverna y tomaron prisioneros a Heyward, las dos muchachas y el maestro de canto, lanzando alaridos de victoria.

Aun en medio de la angustia y la impotencia del momento, Heyward no pudo dejar de observar el extraño comportamiento de los atacantes: aunque eran una tribu que acostumbraba maltratar a sus prisioneros y luego arrancarles el cuero cabelludo, los trataron con una insólita actitud de respeto, lo cual hizo sospechar al oficial inglés que, o bien les reservaban algún suplicio más refinado, o los consideraban prisioneros de importancia y alimentaban algún propósito particular que les impedía hacerles daño. Quizá planeaban obligarlos a delatar a Ojo de Halcón, su encarnizado enemigo; quizá pretendían exigir un buen rescate al coronel Munro.

Un grupo de hurones inspeccionó los alrededores; era evidente que buscaban a Ojo de Halcón y los dos mohicanos. Al no encontrarlos, el jefe, un indígena de tamaño imponente, se acercó a Heyward y le preguntó por ellos. El oficial inglés fingió no entenderlo, pero enseguida se dio cuenta de que aquel juego podía resultarles peligroso, de modo que se dirigió a Zorro Sutil, pese a la repugnancia que sentía por aquel traidor:

—Dime qué es lo que quiere saber este hombre —le dijo.

—Quiere que le digas adónde ha ido Carabina Larga —respondió Zorro Sutil—. El cazador... Quieren la cabeza de Carabina Larga. De lo contrario, derramarán la sangre de los que lo protejan.

—Ha huido. No sé adónde —respondió Heyward.

—¿Qué camino ha tomado?

—Se fue por el río —respondió el oficial, de mala gana.

—¿Y dónde están nuestros peores enemigos, Gran Serpiente y su hijo, Ciervo Ágil?

Aunque no los conocía por esos nombres, Heyward se dio cuenta de que se refería a Chingachguk y Uncas.

—Se fueron por el mismo camino —contestó.

Cuando Zorro Sutil puso al tanto de las noticias al resto de sus secuaces, éstos reaccionaron con furia. No obstante, como por el momento nada podían hacer para remediar lo sucedido, ni sabían por dónde comenzar a dirigirse en busca de sus enemigos, decidieron, como primera medida, partir hacia su campamento, llevando a los prisioneros. Así, emprendieron el viaje en sus canoas, mientras otros, a nado, escoltaban de cerca, junto a la embarcación, a Heyward, Gamut y las dos muchachas.

Una vez en tierra firme, se dividieron en dos grupos. Uno, compuesto por Zorro Sutil y seis guerreros, salió enseguida en dirección al norte, llevando a los prisioneros al campamento; al mismo tiempo, el otro iría a perseguir a Ojo de Halcón y los dos mohicanos.

Mientras avanzaban, Cora no olvidó el consejo de Ojo de Halcón, y en diferentes puntos del camino fue dejando huellas de su paso, con el fin de que, más tarde, el cazador y los mohicanos pudieran seguirlos. Sin embargo, en dos ocasiones la sorprendió uno de los hurones, que la amenazó con el cuchillo al

darse cuenta de la treta. A pesar de su valentía y su calma, Cora debió comprender
que, si quería conservar la vida, más le
convenía no seguir intentándolo.

Al fin, tras mucho andar, cuando
llegaron a la cima de una colina, guerreros
y prisioneros se detuvieron a descansar.

VI

Durante el alto en el viaje, mientras los hurones comían una presa que acababan de cazar, Heyward se acercó a Zorro Sutil, con la intención de tentarlo con supuestas recompensas que recibiría si los ayudaba a escapar. Había llegado a la conclusión de que, tratando con semejante traidor, aquél era el único modo de salvar a las muchachas de un destino horrible. Sin duda, Zorro Sutil no pondría muchos reparos en traicionar también a su propia gente.

Le prometió oro, pólvora, aguardiente en abundancia; le prometió la gratitud eterna del coronel Munro y de él mismo,

Heyward. Zorro Sutil lo escuchaba, impasible y desconfiado, sin dar respuesta alguna. ¿Acaso esperaba algo más?

Al no obtener la reacción esperada, Heyward insistió, abordándolo por otro lado:

—¿No crees que el coronel Munro podría reaccionar mal al no tener noticias de sus hijas lo antes posible? La pena y la desesperación pueden despertar la violencia...

—No creo que Cabeza Gris quiera tanto a sus hijas —replicó Zorro Sutil, refiriéndose a Munro—. Es un hombre de corazón duro y ojos de piedra.

—Te equivocas. El amor de un hombre blanco por sus hijas sólo muere con él. Si ayudas a liberarlas, te lo dará todo...

Zorro Sutil guardó silencio un largo momento; una sonrisa perversa se dibujó en su cara.

—Muy bien —repuso al fin—. Si es así, entonces respetará lo que haya prometido su hija. Ahora, ve a decirle a la

joven de ojos oscuros que quiero hablar con ella.

Heyward, algo desconcertado, supuso que el traidor trataría de asegurarse una fuerte recompensa comprometiendo la palabra de una de las hijas de Munro. Fue adonde se hallaban las dos hermanas y le pidió a Cora que accediera a hablar con Zorro Sutil; le recomendó que mantuviera la calma e intentara negociar con habilidad, ya que quizá la vida de todos los prisioneros dependiera de aquella conversación.

Cuando la muchacha se acercó, Zorro Sutil, tras un prolongado silencio, hizo retirar a Heyward, para quedarse a solas con ella. Una vez que, de mala gana, el oficial se marchó a acompañar a Alice, el guía indígena habló con rudeza:

—Escucha. Yo nací jefe y guerrero entre los míos, los hurones. Ya había visto veinte veranos cuando vinieron los blancos y me dieron a beber el agua de fuego; bebí mucha, y me volví un hombre furioso, tanto que los hurones me desterraron. Viví muchos años solo, librado a mi suerte, hasta que me acogieron lo delawares.

—Conozco la historia —dijo Cora—. Pero dime, ¿qué parte juego yo en ella?

—Eres hija de un blanco. ¿Y quién sino los blancos tuvieron la culpa de mis desgracias? ¿Quiénes me dieron a beber el agua de fuego?

—¡Pero no fue mi padre! —replicó Cora con valentía—. ¿Por qué debe él pagar por las culpas de otros? Por el contrario, creo mi padre se alegrará de reparar el daño que otros te han causado. ¿Qué puedo hacer para compensarte?

—Tal vez no sepas que en más de una ocasión trabajé para tu padre, y que él pagó mis servicios haciéndome azotar ante todos, porque yo había bebido demasiado agua de fuego —prosiguió Zorro Sutil, imperturbable, tras esbozar una sonrisa malintencionada que hizo estremecer a Cora—. ¡Mira! ¡Todavía tengo las marcas del látigo en la espalda!

—Mi padre no hizo más que castigar una mala acción —se atrevió a replicar la muchacha—. Pero si crees que fue una injusticia, estoy segura de que se rectificará.

—No es eso lo que pretendo —contestó Zorro Sutil—. Si prometes no engañarme, tu hermana, la joven de los ojos azules, podrá volver al fuerte.

—Dime de una vez lo que quieres, y podré contestarte —lo instó Cora.

—Cuando dejé mi nación, le dieron mi mujer a otro jefe. Ahora que he restablecido la paz con los míos, volveré adonde está el sepulcro de mis antepasados. Lo que quiero es que tú, la hija del gran jefe inglés, vengas conmigo y vivas para siempre en mi tienda.

Cora apenas si pudo contener el horror que le causó esta idea.

—¿Qué placer podrías encontrar en vivir con una mujer a la que no quieres, y que no comparte tu educación ni tus creencias? —logró replicar.

Tras un largo silencio, Zorro Sutil contestó con frialdad:

—Los hurones no podemos vencer al poderoso jefe inglés. Si te tengo a ti, acabaré por doblegarlo, porque su corazón no conseguirá olvidar tu sufrimiento.

—¡Eres un ser malvado y despreciable! —exclamó Cora, espantada. Zorro Sutil se limitó a indicarle que se marchara. Ya no había más que hablar entre ellos, de modo que la muchacha volvió con Heyward y Alice y les contó lo sucedido.

Zorro Sutil, por su parte, tras recibir la firme y desdeñosa negativa de Cora a su vil plan, reunió a los guerreros y con sus dotes para la oratoria inflamó a los indígenas con deseos de muerte y venganza para con los blancos en general y aquellos prisioneros en particular, sin olvidarse de Ojo de Halcón y los dos mohicanos que los habían ayudado.

Cuando terminó la arenga, los guerreros se abalanzaron, frenéticos, sobre los cuatro cautivos. Aunque Heyward y

Gamut se defendieron con coraje, pronto los cuatro fueron vencidos y atados cada uno al tronco de un árbol, a la espera, sin duda, de una muerte lenta y horrible, mientras los hurones saltaban y gritaban alrededor.

Zorro Sutil aguardó un rato y luego se acercó otra vez a Cora.

—Y bien —le dijo—, ¿qué dices ahora? ¿Aceptas venir a vivir conmigo, a cambio de que tu hermana y tus amigos vuelvan con Cabeza Gris? —Miró hacia donde se hallaba Alice, desconsolada. —¿Vas a permitir que tu hermana siga sufriendo? ¿O preferirías que fuera a consolar a tu padre?

—¡Cora, quiero saber qué te está diciendo! —le rogó Alice desde lejos—. ¿No va a enviarnos de vuelta con papá?

Cora no respondió enseguida; en su interior, libraba una difícil batalla, pues sabía que de su decisión dependía no sólo la vida de su querida hermana, sino también la del leal Heyward y el inexperto y torpe Gamut. Al fin respondió:

—Cálmate, Alice. Me dice que nos perdonarán la vida a los cuatro. Pero... —Le tembló la voz. —Pero con la condición de que yo vaya a vivir con él para siempre...

—¡Nunca! —exclamó Heyward, indignado—. ¡Prefiero morir antes que permitir tal sacrificio!

—Sabía que reaccionarías así —contestó Cora con tristeza—. ¡Pero no puedo permitir que Alice corra la misma suerte!

—¡No, yo también prefiero morir! —gritó entre lágrimas la muchacha rubia.

—¡Entonces morirás! —intervino Zorro Sutil, furioso, y se dirigió a Alice con gesto amenazador.

Heyward, en su desesperación, logró soltarse del tronco al que se hallaba sujeto y se precipitó sobre el traidor. Pero no llegó a atacarlo, porque otro de los hurones se arrojó sobre él; ambos se confundieron en una lucha a muerte, en la que el oficial inglés llevaba las de perder sin embargo, cuando el hurón levantó su hacha para matarlo, se oyó el resonar de un disparo y el indígena se desplomó en el suelo, inerte.

VII

—¡Carabina Larga! —exclamaron los hurones, seguros de que Ojo de Halcón era el único que podría haber abatido a alguien disparando desde tan larga distancia y con tanta precisión.

Ante la confusión Heyward procuró de inmediato armarse con un cuchillo, dispuesto a luchar hasta las últimas consecuencias. Zorro Sutil, por su parte, alentó a los suyos a atacar con las armas que tuvieran a su alcance. De entre los matorrales surgieron Chingachguk y Uncas, y comenzó entre todos un rudo combate cuerpo a cuerpo.

Fue una pelea terrible, que duró un

largo rato. Al final, vencidos los hurones, Chingachguk asestó un golpe mortal a Zorro Sutil.

—¡Ésta ha sido su última pelea! —exclamó el jefe mohicano, y se puso de pie, satisfecho de haberse librado de tan despreciable enemigo.

Pero el traidor, que sólo se había fingido muerto, aprovechó ese breve momento de triunfal satisfacción para ponerse de pie de un salto, huir como un rayo y perderse en el bosque. Chingachguk y Uncas, una vez superado su asombro, hicieron ademán de ir en su persecución; Ojo de Halcón se apresuró a detenerlos.

—No pierdan tiempo —les dijo—. Está solo, herido y desarmado. Por ahora no puede hacernos daño. Mejor será que vayamos a reunirnos con el oficial y las damas.

Las dos jóvenes, libres por fin de sus captores, se abrazaban de emoción y alivio. David Gamut, que aún seguía atado al árbol al que lo habían sujetado los hurones, fue liberado por Ojo de Halcón y

pronto se unió a los demás en los preparativos para armarse, recuperar los
caballos y marcharse de allí lo antes posible.

Los dos mohawks, Ojo de Halcón, las
dos hijas de Munro, el oficial inglés y el
maestro de canto montaron y volvieron a
emprender el interrumpido viaje al norte.

Mientras avanzaban, Heyward aprovechó la primera ocasión para acercarse a
Ojo de Halcón y preguntarle:

—¿Cómo fue que descubrieron tan
pronto donde estábamos? ¿Y por qué
vinieron solos, sin refuerzos?

—No llegamos al fuerte, comandante —explicó Ojo de Halcón—. En cuanto
alcanzamos el otro lado del río, mis dos
amigos mohicanos y yo nos escondimos
entre los matorrales, para vigilar los movimientos de los hurones. Así fue como
pudimos ver cuando los capturaron, y
después los seguimos hasta el campamento, observando las pocas huellas que
pudimos encontrar. —Miró a las dos muchachas y, restando importancia al tema
del rescate, dijo en cambio: —Debemos

encontrar un refugio antes de que caiga el sol, así descansamos unas horas y podemos ponernos de nuevo en marcha antes del amanecer. Conozco un lugar, no muy lejos de aquí, que servirá a nuestro propósito.

Sin decir más los guió hasta una cabaña rudimentaria que se erigía en medio del bosque; era en realidad una construcción funeraria, donde yacían los hurones muertos en una antigua batalla con los mohicanos, en la que él había participado.

Venciendo el miedo de saber que se encontraban en una tumba, Cora y Alice se acomodaron para dormir unas horas en unos lechos de ramas que Uncas preparó con presteza. Heyward, Gamut, el cazador y Uncas se echaron a dormir también, mientras el viejo Chingachguk, con su vista alerta y penetrante, vigilaba.

Pasadas unas horas, cuando la luna aún iluminaba el bosque, el anciano jefe mohicano despertó a los viajeros, que de inmediato se dispusieron a seguir el trayecto. Cuando estaban por montar los caballos, Ojo de Halcón los detuvo con un gesto.

—¡Esperen! Chingachguk ha percibido algo. —Aguzó el oído. —Creo que son pasos de hombres que se acercan... Debe de ser ese taimado Zorro Sutil, que fue a buscar más secuaces...

Enseguida urgió a las mujeres a que volvieran al refugio, mientras ellos permanecían alerta, con las armas preparadas. Poco después vieron surgir de entre los matorrales a dos hurones que inspeccionaban el terreno, tal vez en busca de los viajeros blancos.

Conteniendo el aliento, observaron los movimientos de los indígenas, que pasaron tan cerca que se les podían ver con claridad, a la luz de la luna, los rasgos afilados y concentrados. Cuando advirtieron que allí se levantaba aquel monumento fúnebre, los hurones siguieron su camino, temerosos de perturbar a los muertos.

Se marcharon apresurados, sin advertir la presencia, a pocos pasos, de Chingachguk, que los acechaba esgrimiendo su hacha mortal.

—Se han ido, y creo que por un buen rato no volverán —dijo entonces Ojo de Halcón—. Debemos partir sin más demora..

Una vez superado el peligro, el grupo pudo al fin reanudar la marcha, y detrás del cazador se adentraron en el bosque.

VIII

Avanzaron en el mayor silencio posible, y con bastante lentitud, ya que el bosque estaba muy oscuro y Ojo de Halcón no se hallaba muy familiarizado con aquel terreno. Cuando llegaron a orillas de un arroyo, tanto los mohicanos como el cazador se descalzaron y continuaron andando por el lecho del agua, para no dejar huellas; los demás hicieron lo mismo, de modo de no facilitar la tarea a los hurones que sin duda tarde o temprano intentarían seguirlos.

—¿A qué distancia estamos del fuerte William Henry? —le preguntó de pronto Heyward a Ojo de Halcón.

—Todavía falta bastante —respondió Ojo de Halcón—, y lo peor es que no podemos permitirnos equivocarnos de camino. Si no tomamos la senda que nos lleve al fuerte, caeremos en manos de nuestros enemigos, y entonces sí que estaremos perdidos definitivamente.

Llegaron al borde de un lago llamado Laguna Sangrienta, a causa de los cruentos combates que se habían librado con los holandeses y los franceses en sus inmediaciones en el curso de las guerras por el dominio de las colonias. Ojo de Halcón, recordando, se puso a contarle a Heyward algunos de esos hechos del pasado, ya que él había participado en muchos de aquellos enfrentamientos. De repente se interrumpió con brusquedad.

—¡Silencio! Creo que viene alguien por la orilla de la laguna. —Aprestó su rifle e indicó a Heyward que hiciera lo mismo.

Unos instantes después apareció ante los ojos de los hombres la figura de un joven soldado, vestido con el uniforme francés. Su sola presencia revelaba que las avanzadas del ejército mixto de franceses y hurones no se hallaba lejos de allí.

—¿Quién anda ahí? —preguntó el soldado, que tenía un semblante jovial. Habló en francés, idioma que sólo Heyward entendía.

—¡Es francés! —le murmuró muy despacio a Ojo de Halcón. Enseguida salió del escondite y, con voz firme, respondió al muchacho en su mismo idioma: —¡Francia!

—¿Quién eres, y qué haces aquí a esta hora? —preguntó el muchacho.

—Soy oficial del rey —mintió Heyward—. Llevo conmigo a las hijas del comandante del fuerte William Henry, a las que acabo de hacer prisioneras. Voy a llevarlas a nuestro general.

El joven soldado saludó no sin cortesía a las muchachas y, satisfecho con las respuestas falsas de Heyward, prosiguió su camino.

También los viajeros se alejaron de allí, aliviados de haber salido sin problemas, gracias a los conocimientos de Heyward del idioma francés, de un encuentro que podría haberles resultado fatal. Pronto oyeron a sus espaldas un gemido.

—¿Qué fue eso? —preguntó el oficial inglés, alarmado.

Para su horror, Ojo de Halcón le explicó que Chingachguk acababa de matar al soldado, pues los mohawks no acostumbraban, en lo posible, dejar enemigos vivos a su paso.

Heyward, que comenzaba a comprender, aunque con renuencia, la forma de vivir y de pensar de aquella gente, sofocó sus protestas y siguió caminando en silencio.

Aún no habían resuelto el problema de qué camino seguir para llegar al fuerte. Para acercarse era preciso salvar un tupido frente de centinelas, y el único medio que se les ocurría a los dos mohicanos consistía en ir delante del grupo sorprendiendo a todos los centinelas y abatiéndolos por sorpresa. Sin embargo, por eficaz que pudiera resultar, este procedimiento significaba una macabra serie de asesinatos, a los cuales las dos muchachas se opusieron con vigor.

—¿No existe otra manera de llegar? —quiso saber Heyward.

—La otra opción sería dar un larguísimo rodeo hacia el oeste, hasta llegar a las montañas, desde allí podríamos cruzar con bastante facilidad por el paso que conecta con el fuerte William Henry —respondió Ojo de Halcón.

Fue ésta, desde luego, la solución que prefirieron. Siguieron así su viaje, siempre precedidos por los mohicanos, que iban marcando el camino y alertando de cualquier peligro que pudiera presentarse.

Al llegar al pie de las montañas Ojo de Halcón pidió a Alice y Cora que se apearan de las cabalgaduras; luego quitó las monturas a los animales y los dejó en libertad.

—Estas montañas no se pueden cruzar a caballo —le explicó a Heyward, que se inquietó al ver que las muchachas tendrían que seguir camino a pie—. De aquí en adelante, el terreno es muy empinado.

Poco a poco, con lentitud y grandes dificultades, bajo la luz creciente del amanecer, fueron ascendiendo por la quebrada ladera. Un buen rato después alcanzaron por fin el punto desde el cual se podían ver las construcciones que componían el fuerte William Henry, así como los cientos de tiendas de campamento que lo rodeaban: las fuerzas del general Montcalm.

—El fuerte está sitiado por más de diez mil hombres —señaló Heyward tras observar con detenimiento el campamento del enemigo—. Nos será muy difícil llegar allá.

En ese momento resonó un estrépito de disparos.

—¡Miren! —exclamó Ojo de Halcón—. ¡El general Montcalm ha abierto fuego contra el fuerte! Si siguen atacando con esa fiereza y esa potencia de artillería, en poco rato no quedará nada...

Cora y Alice miraban aterradas el humo y el fuego de los agresores, al pie de las montañas. David Gamut, asustado también, no sabía qué hacer frente a aquella nueva situación de angustia y peligro.

Mientras tanto, Chingachguk y Uncas se acercaron a hablar con Ojo de Halcón para transmitirle lo que acaban de observar en una ronda de vigilancia: los franceses los rodeaban por todas partes, de modo que llegar a la fortaleza les resultaría casi imposible.

Barajaron varios planes para superar las líneas francesas, aunque ninguna los satisfacía. Por fin Ojo de Halcón, observando la niebla que comenzaba a cubrir la llanura que se extendía más abajo, propuso descender de la montaña amparándose en la bruma, y luego, del mismo modo, tratar de llegar al fuerte.

Cuando Chingachguk y Uncas dieron su aprobación, de inmediato volvieron a emprender la marcha, esta vez ladera abajo. Cuando alcanzaron el llano, aprovecharon la confusión del vigoroso cañoneo que los franceses dirigían contra el fuerte, y entre la niebla, el humo de los disparos y el ruido atronador, avanzaron sin ser advertidos por los enemigos, al tiempo que los hombres del grupo disparaban sus armas como si fueran soldados atacantes.

Ya a poca distancia del fuerte, oyeron una voz autoritaria que ordenaba a sus hombres que continuaran haciendo fuego. Alice, que la reconoció al instante, se precipitó hacia el lugar de donde había provenido.

—¡Padre! ¡Padre! —exclamó, y se arrojó en los brazos del coronel Munro.

Al ver a sus hijas, el coronel ordenó de inmediato a sus soldados que interrumpieran el fuego, para que no corrieran peligro alguno de ser heridas. Enseguida se abrieron las puertas del fuerte, las muchachas entraron y el padre las abrazó entre exclamaciones, a un tiempo emocionado y aliviado de volver a ver a sus muchachas, a las que creía perdidas, quizá para siempre.

Duncan Heyward, mientras tanto, al ver que las jóvenes se encontraban ya a salvo, fue a unirse a su regimiento en la lucha contra los invasores franceses.

IX

Una vez llegados al fuerte William Henry, los hombres debieron enfrentar nuevos peligros, contiendas y privaciones, ya que el asedio de los franceses no cedía y era preciso ocuparse de la defensa de sol a sol.

Heyward, que estaba en su elemento al volver a ponerse al mando de su batallón, cumplió con su parte con el ardor y la bravura que lo caracterizaban. Los dos mohicanos, Chingachguk y Uncas, colaboraban como observadores y exploradores, y hacían su trabajo sobre todo de noche, cuando se infiltraban inadvertidamente en las filas enemigas para prestar

oídos a cualquier información útil o cau-
sar algún daño técnico a los sitiadores. Ojo
de Halcón, por su parte, recibió del coronel Munro el encargo de ir a ver al general
Webb para informarle con exactitud de la
situación en que se encontraban; el cazador partió en las últimas horas de la tarde,
acompañado por sus amigos mohicanos.

Al quinto día del sitio, Heyward, en
un raro momento de tregua, salió a dar
una caminata por el campo de batalla, para
observar de cerca la situación general en
que se encontraban. Apenas si hacía un
rato que caminaba contemplando el triste espectáculo, cuando de pronto vio algo
que no sólo lo sorprendió sino que lo abatió intensamente: Ojo de Halcón había
sido tomado prisionero por los franceses,
en apariencia al volver del fuerte coman-
dado por el general Webb, y un soldado
lo conducía con las manos atadas a la espalda.

De inmediato Heyward pidió hablar
con el coronel Munro, para informarle la
desagradable noticia.

—Justamente necesitaba hablar con usted, Duncan —repuso el coronel al recibirlo en su despacho—. ¿Para qué quería verme?

—Tengo algo muy penoso que comunicarle —comenzó el oficial, abrumado—. Acabo de ver que han tomado prisionero a nuestro emisario, Ojo de Halcón. Según imagino, cayó en manos de los franceses después de volver del fuerte Edward, así que deduzco que debía de traer algún mensaje del general Webb en respuesta a nuestro pedido.

—Sin duda... —El coronel se quedó pensativo unos momentos. —De modo que no sabemos nada de los refuerzos que solicitamos, ni cuántos hombres serán ni cuándo vendrán, ¿verdad? Es imperioso que averigüemos el contenido de ese mensaje.

—Debe de tenerlo el general Montcalm —opinó Heyward.

—Es de suponer... Bien, hoy mismo pediré una entrevista con él, a ver si podemos enterarnos de lo que nos ha respondido Webb.

Munro hizo un silencio. Con expresión preocupada, se paseó de un lado a otro de su despacho, mientras Heyward esperaba órdenes. Sin embargo, lo que dijo el coronel a continuación no era en absoluto lo que el joven oficial esperaba.

—Dígame, Duncan —dijo de pronto Munro—. ¿Recuerda una conversación que comenzamos hace un tiempo, cuando usted recién había llegado a este fuerte? Una conversación que yo mismo interrumpí, porque no la consideré oportuna en aquel momento...

—¿Se refiere al día que hablábamos de sus hijas? —preguntó Heyward, desconcertado.

—Así es, Duncan. —Otro silencio, esta vez más breve. —Quisiera que prosiguiéramos ahora esa charla interrumpida. ¿Sus sentimientos siguen siendo los mismos?

—Por supuesto, coronel —se apresuró

a responder el oficial—. Como le dije, aspiro a casarme con una de sus hijas y...

—De eso no me cabe duda; fue usted muy claro, Duncan. Pero quisiera saber con cuál de ellas pretende casarse.

—Con Alice, señor.

—¿Con Alice? —repitió el coronel, muy asombrado—. Había supuesto que se trataba de Cora.

—No, señor. Cora me resulta una muchacha encantadora, pero es Alice la dueña de mi corazón...

—Entonces, Duncan, creo que debo decirle algo. —Tras un nuevo silencio, el coronel procedió a contar una historia que muy pocos conocían: —"Verá usted, cuando yo era muy joven y aún vivía en Escocia, me comprometí con una mucha-cha llamada Alice Graham, única hija de una familia dueña de una propiedad veci-na. Sin embargo, los padres se opusieron a nuestro matrimonio, de modo que dejé libre a mi prometida y solicité servir en el ejército en las Indias. Allí conocí a otra muchacha, que poco después se convirtió en mi esposa y fue la madre de Cora.

"Más tarde quedé viudo, y decidí volver a Escocia. Y me encontré, con gran sorpresa, que Alice Graham me había sido fiel y no se había casado. De modo que nos casamos, y de ese corto matrimonio (pues mi esposa murió muy pronto) nació Alice.

"Lamentablemente, mi primera esposa tenía en su ascendencia un antepasado de raza negra, raza que muchos consideran sólo como esclavos y, por eso, es tenida como una mancha en cualquier linaje.

Munro quedó callado y pensativo un largo instante. Al fin concluyó sin rodeos:

—Quisiera saber, Duncan, si usted eligió a Alice sólo al enterarse de la ascendencia de Cora.

—¡De ninguna manera! —respondió Heyward con energía—. Lo único que impulsa mis sentimientos por Alice es su manera de ser, su amabilidad, su dulzura, su ternura, su...

Con evidente alivio, Munro dio por terminada la conversación.

—Me alegro de que así sea, Duncan... Ahora, volvamos al desagradable tema de la entrevista con Montcalm. Por favor, vaya al campamento enemigo y avise que iré a verlo donde y cuando él me indique.

Así lo hizo Heyward, que partió hacia el campamento francés y regresó al poco rato, sólo para volver a salir, como acompañante y traductor del coronel Munro.

Ambos militares —el coronel Munro y el general Montcalm—, tratándose con fría cortesía, aunque no exenta de respeto, parlamentaron largamente. Munro se enteró de la inexplicable respuesta del general Webb: no sólo no enviaría tropas para ayudarlo a defender el fuerte William Henry, sino que lo instaba a rendirse; no daba más explicaciones que permitieran comprender su actitud.

Ante esta abrumadora noticia, a Munro no le quedó más alternativa que reconocer la derrota y negociar la capitulación. Ésta, gracias a la buena voluntad del general francés, se haría en términos bastante honrosos para los ingleses. El general francés ofreció respetar todo lo que dejara a salvo el honor militar de los británicos, siempre que éstos dejaran aquella plaza. Además de permitirles conservar las banderas y otros símbolos, no se atentaría contra la vida ni la propiedad de uno solo de los habitantes del fuerte.

Cuando Munro y Heyward regresaron, anunciaron públicamente el fin de los enfrentamientos y los términos de la capitulación. El fuerte debía entregarse a los franceses a la mañana siguiente.

X

Los preparativos para evacuar el fuerte William Henry se llevaron a cabo en un generalizado silencio, con gran abatimiento por parte de todos los que lo habitaban, que no sólo lamentaban la derrota sino que se preguntaban cuál sería la incomprensible razón del general Webb para no enviarles la ayuda solicitada, ayuda que tal vez habría podido evitar aquella penosa capitulación.

Entre los sitiadores, en cambio, reinaba el júbilo de la victoria.

Cuando llegó el amanecer, los moradores del fuerte salieron en perfecto orden. Eran cientos de soldados y sus respectivas familias y posesiones que formaban una fila casi interminable. Como Munro y Heyward debían encabezar la salida de las tropas, y como, además, era de suponer que el abandono del fuerte, en tan numeroso éxodo, no podía entrañar ningún peligro para las muchachas, se decidió que Cora y Alice fueran acompañadas por David Gamut, que aceptó gustoso la tarea.

Nada ocurrió mientras pasaron ante las tropas francesas, que actuaron de acuerdo con lo establecido en la rendición.

Sin embargo, los hurones que habían colaborado con los franceses reclamaban algún tipo de recompensa por sus esfuerzos, ya fuera en forma de botín o de cabelleras humanas. Algunos salvajes más decididos iniciaron los primeros incidentes de agresión a los componentes de la columna que abandonaba el fuerte Edward; ésos fueron seguidos por otros, y poco después se generalizó una matanza horrorosa. Mujeres, niños y hombres caían abatidos por los golpes de los tomahawks; el bosque se llenó de montones de cadáveres, de ropas desgarradas y dispersas, de todas las señales de una vergonzosa carnicería.

En medio de aquel infierno, hubo un hurón que no tardó en encontrar lo que buscaba con feroz insistencia. Así, Zorro Sutil se presentó de golpe ante el grupo en que iban las hijas de Munro, acompañadas por David Gamut.

Al verlo, las dos jóvenes, ya aterradas por todos los hechos espantosos que acaban de presenciar, parecieron llegar al límite del horror que eran capaces de soportar. Alice lanzó un grito y se resguardó en brazos de su hermana; Cora, con su temperamento más maduro y sereno aun en las peores circunstancias, trató de mantener la calma y, mientras cobijaba a Alice, atinó a gritar pidiendo ayuda.

Pero Munro y Heyward iban muy adelante, a la vanguardia de la larga columna

de evacuados, y ya casi desaparecían por
el desfiladero que se abría a la distancia.
De modo que no pudieron oírla, ni sospechar siquiera lo que estaba sucediendo
en la retaguardia. Gamut, por su parte,
estaba tan aterrorizado como las muchachas y además poco podía hacer un solo
hombre contra la imponente maldad de
Zorro Sutil y sus secuaces.

El guía traidor se acercó a Cora y le
espetó:

—Ven conmigo. —La tomó con brusquedad de una mano. —Mi tienda aún te
espera.

Cora se tapó la cara para no mirar a
ese hombre que tanto le repugnaba.

—¡Jamás! —contestó con valentía—.
¡Prefiero morir!

Ante esta escena, y al saberse
indefensa, Alice se desmayó; se desplomó
en tierra, a poca distancia del azorado y
paralizado Gamut.

Zorro Sutil no tardó un segundo en
reaccionar; cuando vio a Alice desvaneci-

da, con un movimiento veloz como un relámpago la tomó en los brazos y corrió hacia el bosque.

No había calculado mal su acción, ya que de inmediato surtió el efecto que él esperaba: Cora echó a correr tras él, desesperada, en pos de su desvalida hermana menor. Perdido por perdido, optaba por entregarse al hurón antes que abandonar a su triste suerte a la pobre Alice.

Gamut había presenciado toda la escena sin atinar a nada. Cuando vio que las dos muchachas desaparecían en la espesura, reaccionó al fin y decidió seguirlas. Ya que no podía ayudarlas, al menos podría ver adónde las llevaban.

Llegado a un claro del bosque, donde lo esperaba uno de sus compinches, Zorro Sutil se acercó a dos caballos que allí habían dejado. Cargó en uno a Alice, que aún no había vuelto en sí, y ordenó a Cora que montara el otro.

Vigiladas de cerca por los dos temibles

hurones, las dos muchachas iniciaron una nueva e incierta etapa de su ajetreada vida en aquellas comarcas.

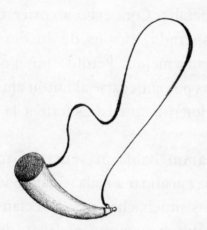

XI

Era el tercer día transcurrido desde la rendición del fuerte. El paisaje que rodeaba a la otrora poderosa plaza inglesa había cambiado por completo, para transformarse en una escena estremecedora de devastación, muerte y caos: columnas de humo de artillería se levantaban aún entre restos de armas, escombros diversos, utensilios pisoteados, carromatos destrozados, cuerpos abandonados.

En la tarde de ese tercer día, cinco hombres avanzaban hacia el fuerte en ruinas. Los precedía el ágil y joven Uncas, que iba señalando el camino a sus compañeros. Luego iba Chingachguk, escrutando en forma permanente el bosque con su penetrante mirada capaz de revelar cualquier peligro que pudiera acecharlos. Más atrás marchaban Ojo de Halcón (que había sido liberado por los franceses cuando se produjo la capitulación de las fuerzas británicas), el coronel Munro y el oficial Heyward.

Como es de suponer, iban buscando a las hijas de Munro.

En un momento Uncas se detuvo ante una pila de cadáveres. Venciendo la repulsión que les inspiraba aquella masa confusa de víctimas, los dos ingleses se pusieron a buscar entre ellas algún rastro de las muchachas. En vano, pues nada encontraron.

Tras el alivio momentáneo al pensar que acaso aún estuvieran con vida, los abatió de nuevo el tormento de la incertidumbre.

Desanimados, pero no vencidos, continuaron la búsqueda.

—¡Miren! —gritó de pronto Uncas,

que en sus exploraciones había encontrado, prendido en una rama de los árboles que marcaban el inicio del bosque, un pedazo de tela de las ropas de Cora.

—¡Es de mi hija! —exclamó el coronel Munro, emocionado—. ¿Crees que todavía hay esperanzas de encontrarlas?

—Esto señala que una, o las dos, ha pasado por aquí —observó Ojo de Halcón—. Tal vez debieron huir al bosque por algún motivo, aunque lo más probable es que alguien las haya capturado. Sospecho que en esto ha tenido bastante que ver ese maldito de Zorro Sutil... Sea como fuere, le aseguro que mis amigos mohicanos y yo sabremos encontrarles el rastro.

Esto tranquilizó un poco a Munro, así como a Heyward, que también estaba ansioso por encontrar a las muchachas, en especial a su amada Alice.

Puestos a observar, Chingachguk, Ojo de Halcón y Uncas fueron encontrando en los alrededores diversas señales que les proporcionaron más pistas acerca de lo sucedido: un mocasín abandonado en la maleza les reveló la participación de Zorro Sutil; la flauta de Gamut les permitió saber que por allí había pasado también el maestro de canto; las huellas de los cascos de los caballos les señalaron que alguien había atravesado aquel lugar a caballo; una alhaja de Alice les dio la certeza de que ambas hermanas iban juntas.

Con estas valiosas pistas pudieron llegar a la conclusión de que las hermanas habían sido capturadas de nuevo por Zorro Sutil, y esto, a su vez, les dio una idea aproximada de adónde podían haberlas llevado.

Luego los cinco emprendieron el retorno al fuerte William Henry, para allí alimentarse, descansar y planear el rumbo de los movimientos que les convendría seguir.

Encendieron una hoguera y asaron un poco de carne de oso llevada por Ojo de Halcón. Más tarde, el coronel, agotado por las emociones de las últimas jornadas, y en especial la de aquélla, se echó a dormir unas horas. Los dos mohicanos y Ojo de Halcón se dedicaron a fumar una pipa, que iban pasándose entre los tres, mientras debatían los próximos pasos que debían seguir en pos del rescate de las hijas de Munro.

Mientras tanto, Heyward salió a caminar por la muralla derruida y desde allí, absorto en sus mortificantes pensamientos acerca de Cora y Alice, contempló el paisaje del lago Horican. El viento había cesado y las nubes, como cansadas de una carrera furiosa, comenzaban a despejarse. Alguna que otra estrella asomaba a través de la niebla y su brillo pálido aumentaba la tristeza del cielo gris. Las colinas eran masas oscuras y el llano, después de las terribles escenas pasadas, era un vasto cementerio abierto; ni un rumor ni un murmullo turbaba el sueño de los desdichados que yacían sobre la tierra ensangrentada.

Hondamente entristecido por esta

visión, el mayor volvió al fin junto al fuego y se echó a dormir junto al coronel y los demás.

La noche pasó tranquila, sin más incidentes que la aparición de un indígena solitario que había ido a merodear entre las ruinas y los despojos, en busca de cualquier botín abandonado que pudiera encontrar. Apenas lo vieron aparecer, Uncas y Chingachguk se le acercaron, con el sigilo que los caracterizaba, y le dieron fin antes de que el desgraciado pudiera darse cuenta de lo que ocurría.

A la mañana siguiente, cuando aún no había amanecido, comieron un poco más de carne de oso seca, a manera de desayuno, y se dirigieron a la orilla del Horican, donde se hallaba oculta en la espesura la canoa de los delawares.

XII

Recorrieron el camino hasta la canoa tomando todas las precauciones para no dejar tras de ellos huella alguna que pudiera dar indicio de su paso por allí, y lo mismo hicieron al embarcar. Enseguida se pusieron en marcha, alejándose por las aguas, poco a poco, del devastado fuerte.

Durante un rato navegaron sin incidentes ni problemas; los dos mohicanos eran los encargados de remar, tarea que realizaban con insuperable habilidad y perfecta destreza. Ojo de Halcón iba observando la orilla y dando, de vez en cuando, alguna explicación a los dos británicos, que no poseían la capacidad

de los pieles rojas para descifrar las señales que los hombres dejaban en la
naturaleza y por ello a veces se mostraban por completo asombrados por el
proceder cauteloso y vigilante del cazador y los dos mohicanos, así como por la
paciencia calmosa con que encaraban una
búsqueda que para Heyward y Munro era
tan angustiosa y apremiante.

No pasó mucho tiempo, sin embargo,
hasta que los hurones se hicieron notar
otra vez. Desde un pequeño islote que
parecía desierto en la inmensidad de las
aguas mansas y apacibles a aquella hora
temprana del amanecer, los viajeros
divisaron a lo lejos un grupo de sus
incansables perseguidores.

También los hurones vieron a los cinco hombres en la canoa, de modo que en
las aguas tranquilas del lago se produjo el
enfrentamiento inevitable. Los dos mohicanos se las ingeniaron para mantener una
distancia segura entre la canoa en que
ellos iban y la de sus perseguidores, al
tiempo que Ojo de Halcón empuñaba el
fusil para abatir a los enemigos. Justo

cuando se hallaba preparado para disparar, Uncas se lo impidió.

—¿Qué pasa? —preguntó Ojo de Halcón, fastidiado y desconcertado.

Uncas señaló la costa rocosa que se extendía enfrente, desde donde avanzaba otra canoa, con la intención de cortarles el paso. Chingachguk reaccionó de inmediato, desviando la embarcación.

Cuando los hurones vieron que su presa amenazaba escaparse, tomaron una línea oblicua, de modo que las dos canoas no tardaron en situarse en trayectorias paralelas, a no mucha distancia una de otra. Tan rápido era el avance de las pequeñas embarcaciones, que el agua se rizaba en pequeñas olas que marcaban una estela ondulante. Los esfuerzos de aquella competencia exigían todos los brazos en los remos, de manera que nadie estaba posibilitado de disparar las armas de fuego.

Al frente, a corta distancia, había una isla de tierra baja, de forma larga y estrecha. Al acercarse a ella los fugitivos, la canoa que los perseguía de más cerca se vio obligada a seguir por el lado opuesto. Los perseguidos no pasaron por alto esta ventaja, sino que redoblaron sus ya prodigiosos esfuerzos.

De pronto, una descarga proveniente del grupo de hurones sobresaltó a los viajeros. Silbaron entonces las balas en torno de los perseguidos, y una de ellas fue a dar al remo ligero y pulido que manejaba Chingachguk, y lo hizo saltar en el aire.

Los hurones lo celebraron con gran gritería y una nueva descarga. Uncas describió un arco en el agua con su remo, y al pasar velozmente la canoa, Chingachguk pudo recobrar el suyo y lo blandió al tiempo que lanzaba el grito de guerra de los delawares.

—¡Gran Serpiente! —se oyó que gritaban algunos de los hurones, al reconocer al remero por su grito.

—¡Ciervo Ágil! —gritó otro.

—¡Carabina Larga! —exclamó un tercero.

El cazador aprovechó el momento de distracción de los enemigos para poner su fusil en acción. Con uno de sus primeros disparos hizo caer al hurón que iba en la proa de la canoa más avanzada; el hombre cayó de espaldas, soltando el arma, que desapareció con rapidez, tragada por las aguas del lago. El indígena logró recobrarse e incorporarse con movimientos torpes de animal herido que pugnaba por no caer al agua. Sus compañeros dejaron de remar y las canoas quedaron un rato estacionadas.

Los dos mohicanos supieron sacar ventaja de este instante de desconcierto entre sus enemigos, para cobrar aliento y aumentar enseguida la velocidad y la distancia que los separaba. Chingachguk y su hijo Uncas se miraron para ver si alguno estaba herido. Un hilo de sangre que corría por el hombro del jefe indígena llamó la atención de Uncas, pero Gran

Serpiente se limitó a tomar un poco de agua en el hueco de la mano y lavarse la sangre, con lo que demostraba que se trataba de una herida leve, indigna de la menor atención.

Al fin, libres por el momento de la persecución, lograron llegar a una parte de tierra que Chingachguk había señalado como la más conveniente. Sacaron la canoa del agua y la transportaron en hombros, entre todos, al interior del bosque.

Luego vadearon un río y siguieron hasta llegar a una roca enorme, desprovista de vegetación. Allí, donde las pisadas no serían visibles, realizaron una curiosa maniobra, sugerida por Ojo de Halcón: volvieron sobre sus pasos caminando con cuidado hacia atrás; después continuaron por el lecho del río hasta su desembocadura en el lago, y allí lanzaron al agua la canoa. De ese modo, con idas y venidas minuciosas para confundir todo rastro de sus huellas, para los hurones resultaría casi imposible seguirlos o siquiera hacerse una idea del rumbo que habían tomado los cinco hombres.

Una vez puestas en práctica estas medidas, recogieron todas sus armas, municiones y escasas provisiones y, siempre con el firme propósito de encontrar a las hijas del abatido Munro, desembarcaron definitivamente en una región árida, poblada de montes, situada entre los ríos Hudson y San Lorenzo.

Al cabo de varios kilómetros de marcha a pie, Ojo de Halcón, siempre alerta a cualquier señal que pudiera hallar en la naturaleza, comenzó a caminar más despacio, deteniéndose aquí y allá para examinar los árboles, los matorrales, el suelo, los cursos de aguas que cruzaban.

Lo mismo hacía, a su manera, el joven Uncas; su padre, mientras tanto, vigilaba sin cansancio la aparición de algún potencial peligro.

Fue el joven mohicano quien descubrió las huellas dejadas por Zorro Sutil al pasar por allí con las muchachas capturadas.

Ante el alentador hallazgo, el coronel Munro se puso ansioso por apresurar la marcha.

—Cálmese, coronel —lo apaciguó Ojo de Halcón, con la serenidad que lo caracterizaba—. Puede que aún falten varios días para encontrarlas... Nuestra suerte, y la de ellas, depende de muchos factores.

Munro, que, lo mismo que antes Heyward, iba aprendiendo a conocer la sabiduría y la experiencia del cazador y los dos mohicanos, tuvo que aceptar la verdad de estas palabras y entregarse una vez más, pese a su ansiedad, a la guía de aquellos hombres que sabían infinitamente más que él sobre huellas, pieles rojas y caminos.

Tras un cuidadoso examen del terreno encontraron huellas también del maestro de canto, y, unos pasos más adelante, las cabalgaduras abandonadas en que habían partido las muchachas capturadas.

Continuaron la marcha hasta llegar a un valle, donde numerosísimas huellas de caballos e indígenas les revelaron que no se hallaban demasiado lejos de un campamento de pieles rojas, aunque era probable que aún tuvieran que viajar muchas horas para dar con él. Como ya caía la noche, decidieron hacer un alto a descansar, para proseguir la búsqueda al día siguiente.

Apenas amaneció, volvieron a partir, siguiendo el rumbo que determinaban nuevas huellas que iban encontrando a su paso. Los que componían el grupo no dejaban de escudriñar desde todos los sitios propicios y en todas direcciones para ver sin ser vistos, para descubrir sin ser descubiertos. Con este objeto se separaban cada tanto y luego, con una señal —tres gritos de cuervo— volvían a reunirse.

Fue Heyward el que primero creyó descubrir algo. Quedó maravillado al contemplar de pronto, desde un macizo

de árboles entre los que se ocultaba, que
en una gran extensión los troncos habían
sido derribados y la pequeña llanura así
formada, se hallaba iluminada por la luz
dorada de la tarde estival en contraste con
la penumbra gris del bosque.

Cerca del escondite del oficial, un
arroyo se ensanchaba formando un pequeño lago que abarcaba casi todo el terreno
situado entre dos montañas. Un centenar
de viviendas de barro seco se alzaban al
borde del lago y algunas en parte dentro
del agua, como si por accidente ésta hu-
biera rebalsado sus límites naturales. Los
techos redondeados de estas construcciones, admirablemente ideadas para
proteger a sus moradores del calor, la llu-
via o la nieve, demostraban más ingeniosa
labor y previsión que las que solían em-
plear los indígenas como construcciones
provisorias para la caza o la guerra.

La aldea parecía abandonada, según
observó Heyward en un principio, pero
luego descubrió unas siluetas que avanzaban hacia él en cuatro patas.

De las viviendas surgieron unas cabezas oscuras y el pequeño pueblo se llenó de seres silenciosos que se escurrían de un lado a otro. Alarmado por estos movimientos, que observaba a la distancia, Heyward sólo atinó a ponerse de pie, sin acabar de comprender de qué se trataba todo aquello. Cuando se incorporó, se topó de repente con un personaje estrafalario, ataviado de manera semejante a un indígena, con la cara pintarrajeada y aspecto mucho más triste que feroz.

Mientras tanto, Ojo de Halcón se había aproximado con sigilo, de modo que descubrió a aquel ser casi al mismo tiempo que Heyward.

Sólo que la reacción de Ojo de Halcón fue muy distinta de la del oficial inglés: se echó a reír a carcajadas al tiempo que tendía una mano al intruso, que no era otro que David Gamut, que sobrevivía en medio de aquella aldea extraña, en realidad una colonia de castores.

Una vez superada la sorpresa y la alegría del encuentro, que permitía concebir esperanzas de que se hallaban cerca del paradero de las hermanas Munro, el maestro de canto se reunió con el resto de la partida y les contó lo que sabía.

XIII

Munro y Heyward acosaron a David Gamut con preguntas acerca del paradero y la situación en que se encontraban Cora y Alice. Poco a poco, el maestro fue respondiendo, y así los hombres se enteraron de los pormenores de la captura y el cautiverio de las muchachas. Gamut aclaró que, hasta donde él sabía, no les habían causado daños físicos, pero que las habían separado; Alice permanecía con las mujeres de los hurones, mientras que a Cora la habían conducido al campamento de una tribu con que éstos se hallaban en bastante buenos términos, y a los que pretendían halagar al confiarles la custodia de la prisionera.

—¿Y dónde está ese traidor de Zorro Sutil? —quiso saber Heyward, furioso.

—Fue a cazar alces con sus guerreros —respondió el maestro—. Alice ha quedado en el campamento, a unos tres kilómetros de aquí.

—Y tú, ¿qué haces aquí? ¿Por qué no te han hecho prisionero? —preguntó Munro, perplejo.

—Supongo que será porque les gusta mi música... —respondió Gamut, con indiferencia.

Lo cierto era, según pensó Ojo de Halcón, que los hurones debían de haberse dado cuenta hacía largo tiempo de que aquel hombre simple no representaba peligro alguno. Además, parecía bastante débil de mente, y los pieles rojas, por fiera y cruel que fuera la raza a la que pertenecieran, respetaban la regla sagrada de no hacer daño a los locos.

—¿Por qué no has huido? —preguntó Heyward, que tampoco comprendía lo que veía y oía.

—Jamás me habría permitido alejarme mucho de esas dos damas encantadoras. Así, al menos estoy al tanto de todo lo que les ocurre y, si llegaran a correr algún peligro grave, podría tratar de salvarlas...

También de esto dudó Ojo de Halcón, pero nada dijo.

Heyward y Munro continuaron interrogando al maestro hasta enterarse de todos los detalles del secuestro de las muchachas. El cazador, Chingachguk y Uncas necesitaban saber, ante todo, cuál era la tribu en la que se hallaba Cora, de modo que también le preguntaron todo aquello que los ayudaría a darse cuenta.

—¿Cómo eran sus puñales?

—¿Ya han celebrado la fiesta del cereal?

—¿Cómo son sus tótemes?

—¿Has visto alguna figura de serpiente, o de tortuga?

Por los pocos detalles que David pudo darles, Ojo de Halcón y los dos mohicanos llegaron a la conclusión de que se trataba de una tribu perteneciente al tronco de los delawares, tal vez la de los lenapes, que se habían separado de aquéllos a causa de las influencias de los colonizadores blancos, en tiempos en que Chingachguk era el gran jefe de los tortugas.

Todo trato con esa tribu presentaba una riesgosa incógnita: podía resultar peligroso si persistía entre aquéllos el encono de le enemistad, o podía ser favorable si sus hombres añoraban las buenas épocas de armonía de los tiempos anteriores a la invasión de los blancos.

La impaciencia de Heyward lo impulsaba a no querer atender más consideraciones ni planes y llegar cuanto antes al lado de Alice. En un principio Ojo de Halcón se opuso a actuar con precipitación, pero al fin, al ver que el oficial se mostraba irreductible, consintió en idear un modo de que Heyward penetrara en el campamento hurón, haciéndose pasar por piel roja.

Para ello, Chingachguk, que llevaba siempre consigo las pinturas para trazar su máscara de guerra, lo disfrazó con habilidad, de tal modo que tuviera bastantes probabilidades de engañar a los hurones. Con mano experta dibujó las líneas que los indígenas solían asociar con la jovialidad y la amistad; eludió toda apariencia de guerrero y más bien le dio un aire bufón, no muy distinto del que mostraba el inofensivo Gamut. Heyward, además, contaba con la ventaja de saber francés, de modo que podía pasar por un juglar indígena de Ticonderoga —la gran fortaleza francesa situada en la frontera con Canadá—, acostumbrado al trato con los galos, que vagaban entre las tribus aliadas.

Cuando Heyward estuvo listo, Ojo de Halcón se le acercó para hacerle las necesarias recomendaciones para obtener éxito en su trato con los hurones. Le advirtió además que el coronel Munro quedaría con Chingachguk, mientras él y Uncas cumplían con su propia misión.

De inmediato Heyward partió siguiendo los pasos de Gamut, a quien trataba de imitar en sus movimientos y actitud. Tras más o menos una hora de marcha llegaron al campamento de los hurones; Heyward se asombró al ver que nadie lo detenía ni le impedía el paso; en realidad, casi no repararon en su presencia.

En cuanto pudo se dirigió a la gran cabaña donde se celebraban los consejos de ancianos, y allí se enfrentó con los solemnes guerreros que lo sometieron a un capcioso interrogatorio para ponerlo a prueba.

Uno comenzó por preguntarle:

—Cuando el Gran Padre de Canadá habla a su pueblo, ¿lo hace en la lengua de los hurones?

—Habla a todos sus hijos en el mismo idioma —respondió Heyward con tranquilidad—. Pero prefiere por sobre todos a los hurones.

—¿Y cómo hablará cuando reciba las cabelleras que hasta hace poco crecían en las cabezas de los ingleses? —continuó el anciano indígena.

—Sin duda dirá que los ingleses eran

sus enemigos y que los hurones se comportaron con la valentía acostumbrada —repuso Heyward, con un estremecimiento.

—Sin embargo, parece que el Gran Padre del Canadá ha olvidado a los hurones. Sólo se fija en los ingleses muertos, y no en nuestros hermanos.

—No es así —replicó el oficial inglés—. Justamente me ha enviado a mí, que conozco el arte de curar, para que venga a preguntar si hay aquí algún enfermo.

Se produjo un silencio, luego un murmullo de aprobación. Poco después Heyward salía triunfante del interrogatorio, bastante seguro de la confianza de la tribu.

Cuando se dirigía a una cabaña a examinar al primero de los enfermos que le habían encomendado, le sorprendió oír una estrepitosa algarabía que sólo podía anunciar un acto sangriento. Así era, en efecto: traían a dos prisioneros, para ser sacrificados.

Una docena de hogueras iluminaban ya el campamento en el sitio donde se había reunido un grupo enardecido para celebrar aquel rito feroz. Unos cuantos hurones saltaban, bailoteaban y daban alaridos festivos en torno del fuego, con ojos temibles y rostros encendidos.

Los dos hombres destinados al sacrificio eran indígenas. Uno, joven y vigoroso, había conseguido escurrirse varias veces de los que lo sujetaban y sembraba el desconcierto en aquella multitud gritona que, al perseguirlo, aumentaba aún más la excitación y la confusión que rodeaban al azorado oficial inglés.

En uno de sus esfuerzos por huir e internarse en el bosque, el prisionero pasó muy cerca de Heyward. Un hurón alto y recio se acercaba ya al fugitivo, preparado para asestarle un golpe fatal en cuanto lo tuviera a su alcance. Heyward reaccionó de inmediato: tendió con rapidez una pierna, haciendo una zancadilla al agresor, que cayó al suelo con enorme violencia.

Aprovechando esta leve ventaja, el prisionero trató de perderse en el bosque, pero tenía todos los caminos cortados por numerosos centinelas hurones que lo rodeaban. Entonces el hombre consiguió alcanzar el gran tótem que se hallaba en la puerta de la choza del consejo de los ancianos, y se apoyó en él como un náufrago en una roca. Su gesto tenía todo un significado: al apoyarse en el tótem sagrado se hallaba protegido, según una ley inmemorial y sagrada de los pieles rojas, hasta que la tribu, reunida en consejo, deliberara para decidir su suerte.

Mientras el prisionero se protegía de esta manera, los hurones lo insultaban y amenazaban con odio, aunque ninguno se atrevía a atacarlo. Algunos de los jefes lo miraban con curiosidad no exenta de admiración por su temple guerrero.

En un momento, cuando uno de los ancianos tomó del brazo al hombre para llevarlo a la gran tienda del consejo,

Heyward pudo ver, a la luz de las hogueras, el rostro del valiente cautivo.

—¡Uncas! —murmuró entre dientes, impresionado.

XIV

Dentro de la choza del consejo se acomodaron los grandes jefes y los jóvenes guerreros, cada uno de acuerdo con su rango, poder e influencia dentro de la tribu. En medio de todos ellos, Uncas, erguido y sereno, aguardaba la decisión de su suerte.

El otro condenado al sacrificio, en cambio —un hurón acusado de desertor y cobardía en el combate—, esperaba entregado, con la cabeza gacha. Él era la causa de la captura de Uncas, pues éste, siguiéndole los pasos hasta el campamento, había caído en una trampa tendida por los otros hurones.

Tras un debate, el consejo decidió que el hurón debía morir de inmediato; la sentencia se llevó a cabo enseguida, de una cuchillada en el pecho.

Heyward observaba de cerca todo esto, ya que contaba en cierto modo con la pequeña ventaja de pasar casi inadvertido debido al suceso excitante que suponía la condena del mejor, más joven y más temible guerrero de los delawares. No obstante, lo angustiaba ignorar cuál sería la suerte de su amigo...

De pronto recordó que aún no había visto a su amada Alice, y, aprovechando la ventaja que le brindaba el entusiasmo de los hurones, fue a investigar solo los alrededores, ya que desde hacía bastante había perdido de vista al David Gamut.

Durante un buen rato disfrutó de la indiferencia de aquellos pieles rojas, lo cual le permitió merodear entre las chozas y las tiendas, y hasta podría haber huido de no haber tenido el deseo vehemente de encontrar a la hija de Munro y de saber qué suerte correría Uncas.

Descorazonado por la inutilidad de su búsqueda, retornó a la tienda del consejo, donde aún continuaba Uncas esperando el veredicto de los jefes. Al verlo, uno de los ancianos se dirigió al supuesto hechicero:

—Un espíritu malo ha atacado a la mujer de uno de mis jóvenes guerreros. ¿Crees que podrías curarla?

Heyward, decidido a ganarse la confianza de aquellos hombres a cualquier costa, respondió afirmativamente. Cuando, acompañado por el hurón, iba a dirigirse a ver a la enferma, entró otro indígena, de aspecto temible. Con horror el oficial inglés vio que se trataba nada menos que de Zorro Sutil, que había regresado de la partida de caza. Por fortuna, éste no lo reconoció, debido al hábil disfraz que disimulaba la verdadera identidad de Heyward.

En un primer momento, Zorro Sutil comentó, con la parsimonia y la indiferencia aparente de los de su tribu, algunos incidentes de la cacería. Pero se interrumpió de golpe, cuando alzó la vista y vio frente a sí al prisionero Uncas.

—¡Ciervo Ágil! —exclamó. Entonces, para la sorpresa y el odio del resto de los hurones, informó a la tribu de quién se trataba. Relató a continuación los últimos hechos en que Uncas y Chingachguk, junto con Ojo de Halcón, habían tomado parte, y ello vino a reforzar el resentimiento de sus compinches por aquellos hombres que desde siempre combatían a los hurones.

A continuación Zorro Sutil recurrió a toda la fuerza de su probada elocuencia y pronunció una arenga inflamada sobre los motivos de venganza que la tribu de los hurones tenía hacia la de los delawares, y tanto encendió el furor de varios jóvenes que algún tomahawk voló hacia el sitio donde esperaba el joven Uncas, aunque, por fortuna, sin dar en el blanco. Luego unos guerreros condujeron a Ciervo Ágil hacia otra parte del campamento. Después de todo lo dicho por Zorro Sutil, la condena a muerte era inevitable.

Uncas caminó con paso firme, y al pasar junto al impotente Heyward le echó con disimulo una mirada intensa, como dándole ánimo.

Heyward tuvo el impulso de seguirlo, para ver si conseguía ayudarlo de alguna manera, pero en ese momento volvieron a requerirlo para que probara sus dotes de curador y hechicero. Guiado por el jefe anciano, se encaminó a un sitio adonde los hurones llevaban casi todo lo que poseían de valioso: una concavidad natural, formada en un peñón disimulado en medio de tupidas malezas, bastante alejado del conjunto de las chozas.

En el camino hacia allí, oscuro y desierto, pasaron junto a un enorme oso que parecía seguirlos. El piel roja lo estudió con atención hasta cerciorarse de que no era un animal peligroso, y continuó tranquilo el trayecto hasta la cueva. Heyward, sin embargo, se sentía inquieto ante la presencia cercana de un animal de reconocida ferocidad, que, en apariencia, los seguía.

Por fin llegaron a la cueva. El hurón penetró en la oscuridad, hizo pasar a Heyward y tapó la entrada. El oso les seguía los pasos, sin dejar de gruñir.

El interior de la cueva estaba dividido en varios compartimientos, y en uno de ellos yacía la enferma; la habían transportado allí en la creencia de que el espíritu que la atormentaba tendría más dificultad para atacarla a través de los muros de piedra.

Una mirada le bastó a Heyward para comprender que la paciente se encontraba fuera del alcance de todo auxilio, ya que su estado era irremediable.

—Quiero ver cómo la curas con tu poder —exigió el hurón.

Antes de que Heyward pudiera responder algo, el oso se puso a gruñir de manera temible y a hacer movimientos amenazadores.

—Veo que debes estar solo —dijo entonces el hurón, interpretando de ese modo la extraña actitud del animal—. Me voy. Dejo en tus manos a esta pobre mujer.

A Heyward le inquietaba la sola idea de quedarse allí a solas con ese animal salvaje, pero algo hubo en éste que le llamó la atención y lo impulsó a callar.

En cuanto el hurón se marchó, el oso se irguió sobre las patas traseras y se quitó la cabeza con las manos. De entre la tupida piel del animal surgió un rostro humano: ¡el de Ojo de Halcón!

—¡Silencio! —se apresuró a decir el cazador, que temía alguna exclamación de asombro por parte de Heyward—. Los malditos hurones rondan este sitio, y si perciben cualquier sonido extraño vendrían de inmediato a atacarnos.

Heyward quedó como paralizado, de sorpresa, emoción e incredulidad.

XV

—¿Qué es ese disfraz? —quiso saber Heyward una vez que logró dominar la confusa mezcla de sus sentimientos.

En voz muy baja el cazador le dio una resumida explicación de lo sucedido desde que ambos se habían separado:

—Como recordarás, convinimos en que Chingachguk quedara al cuidado del coronel Munro, mientras Uncas y yo íbamos al otro campamento para ayudar a la muchacha morena. Bien, así lo hicimos. Pero al llegar al campamento de los lenapes nos topamos con un grupo de hurones que volvían al suyo. Y, antes de que yo pudiera hacer nada para impedirlo, Uncas salió en persecución de uno de ellos, y así fue como cayó en la emboscada que ahora lo tiene en tan triste situación.

—¿Y tú? ¿Lo seguiste?

—Por supuesto. ¡No iba a abandonarlo a su suerte! Cuando venía para aquí, con toda cautela, se cruzó en mi camino el mago de la tribu. Le di un culatazo en la cabeza que lo dejó más que dormido, luego lo até a un árbol, me apoderé de su disfraz... y aquí estoy.

—Has sido muy hábil, como siempre. —Heyward se quedó pensando un instante. —Y bien, ¿qué haremos ahora? ¿Dónde puede estar Alice? Creo que, antes que nada, debemos ponerla fuera de peligro.

—La hija del coronel Munro está aquí mismo, en esta cueva, en la parte de atrás. Te diré lo que haremos...

Pero, sin darle tiempo a exponer su plan, Heyward se arrojó a la parte trasera de la caverna y corrió a abrazar a Alice.

La joven estaba pálida, asustada y demacrada; aun así, a ojos del oficial, lucía hermosa y cautivadora como siempre.

El encuentro entre ambos fue intenso y muy emotivo. La alegría de encontrarse después de tan larga búsqueda les hizo olvidar por unos instantes que aún corrían serio peligro; además, todavía había que encontrar a Cora. Heyward, haciendo un esfuerzo para sobreponerse a sus emociones, volvió pronto a la realidad.

Él y Ojo de Halcón se pusieron a debatir la mejor manera de salir de allí y cómo llegar a Cora, cuando de pronto oyeron una risa burlona. Heyward se dio vuelta, sobresaltado, y entonces advirtió la temible presencia de Zorro Sutil.

—¡Tú! —exclamó Alice con profundo desprecio—. ¿Es que nunca te cansarás de hacernos daño?

El hurón, sin contestar una palabra, se limitó a cerrar con ramas la entrada de la caverna. Luego se volvió hacia ellos y dijo con su voz dura y amenazadora:

—Una vez más los he atrapado, y esta vez no escaparán. Los dejaré aquí, encerrados como presas, e iré a buscar a mis guerreros, para someterlos a tormento.

A pesar de todas sus astucias, Zorro Sutil no contaba con la intervención del oso, que contemplaba, inadvertido, la escena. En ese instante lo oyó gruñir y se dio vuelta con gesto brusco; pero cuando lo miró con más atención y creyó reconocer en él al hechicero de la tribu, por cuyos ritos no abrigaba gran respeto, siguió avanzando hacia sus víctimas sin hacerle caso.

Quiso apartarlo con un gesto despectivo, pero los brazos fuertes del cazador lo rodearon por sorpresa y lo inmovilizaron el tiempo suficiente para que Heyward enrollara alrededor de su cuerpo una correa de cuero de ciervo que encontró cerca. Aunque se defendió con vigor, Zorro Sutil quedó firmemente amarrado y amordazado por el cazador y el oficial.

—Este traidor no podrá molestarnos

por un buen rato —dijo entonces Ojo de Halcón—. ¡Vámonos de aquí! ¡Pronto!

—¿Cómo podremos salir sin que reconozcan a Alice? —preguntó Heyward, preocupado.

Ojo de Halcón le indicó que la llevara en brazos, cubierta con una manta, para que los hurones no pudieran identificarla. Al salir explicarían a los indígenas que el mal espíritu había quedado encerrado en la cueva y que por lo tanto era necesario llevar a la enferma al bosque para darle unas raíces curativas.

Despejaron la entrada de la caverna y salieron, Ojo de Halcón con su disfraz de oso, Heyward cargando con Alice, oculta bajo la manta.

Tal como esperaban, algunos indígenas se les acercaron enseguida para conocer el estado de la enferma. Heyward los embaucó con los argumentos sugeridos por el cazador.

—Quédense a custodiar la salida de la cueva —agregó por último—. Así el mal

espíritu que ha quedado adentro no puede escapar y atacar a los habitantes del
campamento.

Asustados, los hurones le obedecieron,
y los tres fugitivos pudieron continuar sin
dificultades su camino y penetrar en el
bosque. Cuando llegaron a un sitio
bastante alejado y seguro, Ojo de Halcón
les dijo:

—Ahora ya pueden seguir solos. Más
adelante hay una población de delawares,
que no les negarán ayuda. Refúgiense con
ellos hasta que yo vuelva; es la única
manera en que estarán protegidos de los
hurones.

—¿Y tú qué harás? —quiso saber el
oficial inglés.

—Yo debo ir a salvar a mi amigo Uncas
—repuso Ojo de Halcón, y regresó al
campamento de los hurones.

XVI

Con el disfraz que le proporcionaba la piel de oso, Ojo de Halcón retornó a la aldea de los hurones y se acercó con sigilo a una y otra de las chozas, hasta descubrir una en cuyo interior se hallaba David Gamut, sentado ante una pequeña fogata. De inmediato entró y se sentó frente al maestro de canto.

Como el músico, sin reconocerlo, lo miraba mudo de espanto, Ojo de Halcón se sacó la cabeza del disfraz, revelando su identidad. Una vez superado el asombro de Gamut y satisfecha su curiosidad sobre la suerte corrida por Alice y Heyward, el cazador le preguntó si sabía dónde se hallaba Uncas.

—Uncas espera la muerte en una choza de esta misma aldea. Si quieres, te llevaré, aunque no creo que tu presencia lo alivie.

—Muéstrame ya mismo el camino —lo urgió Ojo de Halcón, ansioso por ayudar a su joven amigo.

Gamut, que era considerado loco por aquellos pieles rojas, se movía por el campamento con toda facilidad, sin que nadie le preguntara adónde iba. Por eso pudieron llegar sin problemas ante la choza donde se hallaba prisionero el joven mohicano.

Los guardianes que vigilaban la entrada reconocieron al acompañante del músico, el gran hechicero cubierto con su piel de oso, y le permitieron entrar en la cabaña con su asistente. Éste, que en el camino hasta allí había sido aleccionado por Ojo de Halcón, dijo a los centinelas:

—El hechicero va a quedarse a solas con el delaware, para soplar el espíritu de la cobardía en el alma del prisionero. Ya verán cómo, cuando lo aten al poste de los tormentos, llorará, temblará y se debatirá como un cobarde.

Entusiasmados ante la idea de tal humillación, los hurones se aproximaron con la intención de presenciar el encantamiento.

—¡No avancen! —les advirtió Gamut—. Si no quieren que el soplo del hechicero los alcance y los prive también de coraje, es mejor que se alejen.

Los hurones, temerosos de tan grande calamidad, obedecieron.

Una vez dentro de la cabaña, actuaron con rapidez. Uncas se recobró pronto de su sorpresa, y de nuevo Ojo de Halcón tuvo que idear una estratagema para poder huir de allí los tres sin peligro. En primer lugar, cortó las finas cortezas de árbol con que los captores habían atado al mohicano; a continuación hizo que Uncas vistiera la piel de oso, al tiempo que él se ponía el disfraz de Gamut.

—¿Y qué papel haré yo? —quiso saber el maestro de música.

—Tú —le respondió Ojo de Halcón— tendrás que correr un gran riesgo...

—¡Por supuesto que lo haré, si es para ayudar a este joven valiente y a esas pobres muchachas! —se apresuró a afirmar Gamut.

—Bien. Entonces te quedarás aquí, en el lugar de Uncas. Y ruego que, cuando los hurones descubran el engaño, mi amigo y yo hayamos llegado ya muy lejos, y estos indígenas te sigan respetando como lo han hecho hasta ahora... ¿Aceptas?

David, pálido de miedo, tardó en responder, pero al fin accedió.

Los tres hombres se estrecharon las manos en silencio y enseguida Uncas y Ojo de Halcón salieron de la choza con toda la calma de que eran capaces en aquel momento crucial. Sin sospechar el engaño, algunos hurones se acercaron a preguntarles si el espíritu de la cobardía estaba ya bien introducido en el alma del prisionero. El brujo respondió con unos gruñidos significativos, y sin más se marchó, acompañado por el cantor, hacia el bosque oscuro.

Ya habían llegado a bastante distancia de la aldea cuando oyeron un grito que provenía de la choza que acaban de abandonar. Enseguida oyeron nuevos alaridos de sorpresa y furor.

—No hay duda de que han descubierto el engaño —dijo Ojo de Halcón—. Quítate la piel de oso, que debemos correr. Si esos malditos nos alcanzan, tendremos que enfrentarlos. —Y guió a su amigo hasta un lugar donde había dejado ocultos unos rifles, pólvora y municiones.

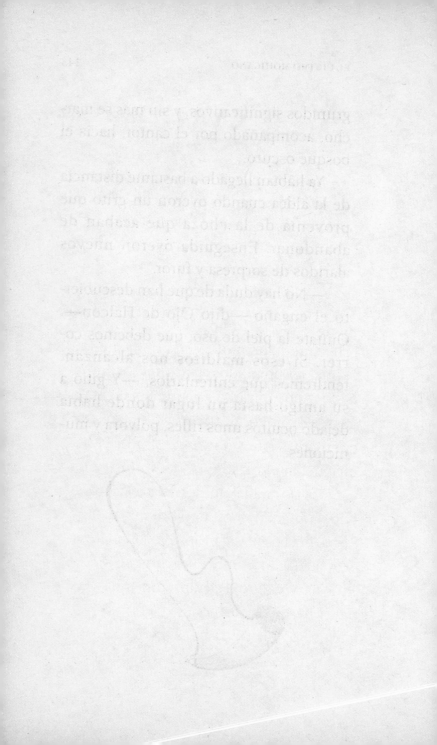

XVII

Tal como dedujo Ojo de Halcón, el grito que habían oído en el bosque fue el que, sorprendidos, lanzaron los hurones que encontraron a Gamut en lugar de Uncas en la choza del prisionero. Pero, también del mismo modo como había imaginado el cazador, al comprobar una vez más las raras actitudes del músico, que ellos tomaban por demencia, le perdonaron la vida y pronto lo olvidaron, ocupados con asuntos más urgentes.

Una vez que descubrieron todas las tretas de que habían sido víctimas —el hechicero, amarrado por Ojo de Halcón; la mujer que iba a ser curada, muerta en

la cueva; Ciervo Ágil, desaparecido; Zorro
Sutil, reducido a la impotencia por
Carabina Larga—, se organizaron para
llevar a cabo la búsqueda de sus enemigos.

Fue, desde luego, Zorro Sutil el que
encabezó la persecución, al frente de
numerosos guerreros. Una vez más hizo
uso de su habilidad con las palabras, y con
términos ardientes urgió a sus hermanos
a secundarlo en su plan de atacar a los
delawares para recuperar a las cautivas y
los tres blancos y los dos mohicanos que
las protegían.

Antes de que amaneciera el nuevo día
regresaron los espías que había enviado
para averiguar la situación de la aldea de
los delawares adonde sin duda habían
acudido en busca de refugio sus enemigos.
Y entonces el grupo de guerreros partió,
al mando de su ahora indiscutido jefe, el
temible Zorro Sutil.

En la marcha pasaron por el lago arti-
ficial donde los castores habían construido
su colonia, el mismo lugar donde

Heyward había encontrado, días antes, a David Gamut. Pasaron por allí... sin percibir en absoluto que alguien los espiaba.

Escondido y disimulado entre las moradas de los castores, Chingachguk, con sus ojos penetrantes, miraba. Y así fue como, al reunirse poco después con el coronel Munro, que se ocultaba junto con él en aquel sitio insospechado y seguro, pudo decirle:

—Acabo de ver pasar a Zorro Sutil con veinte guerreros en dirección al campamento de los delaware.

—¡Donde está mi hija Cora! —exclamó Munro, alarmado. Ignoraba que allí se encontraban también Alice, Heyward y Ojo de Halcón. —¿Los hurones irán a atacarlos?

—Eso es lo que cabría esperar. Pero estoy confundido, porque no llevan la cara y el cuerpo pintados con los dibujos y los colores de guerra...

—¡Pobre hija! —se lamentó el coronel—. ¿Acaso ese traidor querrá ir a recuperarla para sus viles fines?

—No sé cuáles son sus intenciones, coronel. Pero tenga la seguridad de que Ojo de Halcón y los mohicanos sabrán defenderla.

XVIII

La tribu de los lenapes, descendientes de los delawares, mantenía una posición neutral tanto con los ingleses como con los franceses, así como con las tribus indígenas aliadas a uno y otro bando. Habitaban un lugar próximo a la aldea de los hurones y, aunque reducidos en su número, contaban casi con igual cantidad de guerreros que estos últimos. Del mismo modo que sus vecinos, habían seguido al general Montcalm a los territorios pertenecientes a la Corona británica, pero se habían abstenido de prestar ayuda al ejército francés cuando éstos se la exigieron, por toda explicación, adujeron que sus tomahawks estaban mellados y necesitaban tiempo para afilarlos. El hábil Montcalm aceptó esta postura, juzgando que era más prudente tener amigos pasivos que enemigos irritados.

Zorro Sutil se presentó en el poblado con el tono y las pinturas de un hombre a quien sólo guía la amistad; no llevaba armas y en cuanto ingresó en la aldea hizo la señal de la paz. De inmediato, en cuanto vio que los delawares le daban la bienvenida y lo invitaban a comer en gesto de concordia, recurrió a su especial capacidad para embaucar con las palabras.

—¿Cómo se encuentra mi prisionera? —preguntó, refiriéndose a Cora, a quien, por habilidad política, había confiado a la custodia de aquella tribu—. ¿Ha causado molestias a mis hermanos?

—En absoluto. Su presencia es bienvenida —respondió el jefe delaware.

Contrariado porque su intento de arrebatar de allí a su víctima mediante palabras falsamente amables parecía haber fracasado, Zorro Sutil atacó por otro lado:

—¿No han venido intrusos por estos bosques? ¿Hombres blancos?

—Si vienen, sabremos tratarlos —contestó el jefe delaware con tono evasivo.

Zorro Sutil no se dio por vencido.

—¿No han visto huellas de espías en los bosques? —insistió.

Esta vez el jefe no tuvo más remedio que responder de manera más directa:

—Han llegado algunos forasteros, y están en nuestra aldea.

—¿Y no los has echado?

—No. Todo extranjero es bien recibido por los hijos de los lenapes.

—¿Y sin fueran espías? —lo azuzó Zorro Sutil.

—¿Acaso los ingleses enviarían a sus mujeres como espías?

—Los ingleses y sus mujeres no encuentran ninguna tribu que les dé la bienvenida. Sin duda sus intenciones no son buenas. Y seguro que los acompaña otro terrible enemigo de los delawares...

Estas insidiosas palabras confundieron al jefe delaware.

—¿De quién hablas?

—De Carabina Larga —contestó Zorro Sutil, seguro ya de su triunfo.

Cuando oyó el nombre del temido cazador, el jefe delaware dudó. Zorro Sutil no demoró en hacerles saber que tenían en el poblado nada menos que al hombre más conocido y más temido entre los aliados de los franceses.

Atemorizado de malquistarse con el ejército galo, el jefe delaware hizo un profundo silencio. Luego llamó a sus hermanos para deliberar, y al fin decidieron consultar con uno de los jefes más respetados de la tribu.

Al cabo de un buen rato toda la tribu se reunió, dispuesta a una importante asamblea. Cuando el sol llegó a la cumbre de las montañas entre las cuales había plantado la tribu su campamento, la multitud se hallaba atenta y ansiosa. Nada, ni aun el menor de los niños presentes, mostraba ningún gesto de impaciencia y los preparativos se sucedían en medio de la calma y el silencio.

Por último se oyó un murmullo que perturbó el alma de la multitud, y la nación en masa se puso de pie. En ese momento aparecieron tres hombres que se encaminaron muy despacio hacia el lugar de la asamblea. El que iba en el medio, apoyándose en los otros dos, tenía muchos años, muchos más de los que suelen alcanzar los mortales. Su cuerpo, que había sido alto y erguido como un cedro, se inclinaba bajo el peso de más de cien años de vida. El hurón había oído hablar con frecuencia del sabio patriarca de los delawares; la fama llegó a atribuirle el don de comunicarse directa y secretamente con el Gran espíritu.

Nada podía sobrepasar la reverencia y el afecto con que el pueblo recibió aquella visita que parecía venir del otro mundo. Después de una pausa respetuosa, los principales jefes se acercaron y fueron uno a uno colocando la mano del anciano sobre sus cabezas, como pidiendo una bendición.

El nombre de Tamenund pasó por todos los labios.

Entre gestos de respeto y veneración, el anciano se ubicó para presidir la asamblea.

Por último, a un gesto del anciano juez y patriarca, fueron llevados desde la cabaña, en medio de murmullos que fueron callando poco a poco, los prisioneros: primero Cora y Alice, luego Heyward y Ojo de Halcón. Sólo faltaba Uncas.

Cuando se hizo completo silencio, uno de los jefes ubicados junto al patriarca preguntó:

—¿Cuál de los prisioneros es Carabina Larga?

Heyward rápidamente se hizo cargo de la situación y, comprendiendo que las peores consecuencias iban a caer sobre quien llevara ese nombre, quiso sustituir

en aquel trance a quien tantas veces había arriesgado la vida para ayudarlo.

—Soy yo —dijo.

—¡Éste es el guerrero cuyo nombre ha llegado a nuestros oídos! —exclamó el jefe con curioso interés—. ¿Qué motivo te ha traído al campamento de los delawares?

—Mis necesidades. Vine en busca de alimento, amparo y amigos.

—No puede ser. El bosque está lleno de animales de caza.

Ojo de Halcón aprovechó una pequeña pausa para adelantarse y decir:

—Si no contesté cuando se preguntó por Carabina Larga no fue por miedo ni vergüenza, sino porque no admito que los hurones se permitan darme un nombre a su antojo. Mi rifle no es una carabina. Mis padres me llamaban Nathaniel y los delawares que viven al otro lado de su mismo río me han honrado llamándome Ojo de Halcón. Los hurones han pretendido darme el nombre de Carabina Larga sin consultarme.

Se levantó un gran clamor de sorpresa. Los jefes indígenas se encontraban ante dos hombres que pretendían ser Carabina Larga, el tirador más certero y más famoso de aquellos bosques. Los ancianos volvieron a consultar y al fin decidieron:

—Que les den rifles a los prisioneros —dijo el jefe que había hablado antes— y que prueben cuál de los dos es el hombre que ambos afirman ser.

Los dos amigos tomaron cada uno un arma. Se les ordenó que disparan a una vasija de arcilla apoyada en el tronco de un árbol, situado a bastante distancia de los tiradores y de la multitud allí reunida.

Heyward disparó y la bala rozó la rama a muy pocos centímetros de la vasija.

Una exclamación general demostró que el tiro era considerado como prueba de gran habilidad en el manejo del arma.

—¿Puede superarlo el otro carapálida? —le preguntaron a Ojo de Halcón—. Si eres el guerrero que pretendes, dispara tu bala más cerca todavía.

El cazador soltó una fuerte carcajada. Después hizo fuego y los fragmentos de la vasija saltaron en el aire y cayeron al suelo en el mismo instante en que resonó la detonación.

La multitud estaba azorada. Algunos expresaban su satisfacción por aquella destreza sin igual, mientras que otros atribuían a la casualidad el resultado del tiro. Heyward se apresuró a confirmar esta creencia que le era tan favorable.

—¡Fue casualidad! Nadie puede hacer blanco sin apuntar, sólo con levantar el arma, como lo ha hecho este hombre.

—¿Casualidad? —contestó Ojo de Halcón—. ¿También ese hurón hipócrita que se llama Zorro Sutil cree que es casualidad? Denle a él otro rifle, colóquennos frente a frente y que la Providencia y la vista de cada uno decida.

Este riesgo no entraba en los cálculos del hurón, pero antes de que pudiera responder el jefe delaware propuso:

—Que tiren a la calabaza que cuelga

de aquel árbol. Un buen tirador romperá su cáscara con facilidad.

La calabaza era de las más pequeñas; pendía de una correa delgada de la rama de un pino y se hallaba a una distancia mucho mayor que la vasija. Lo mismo que antes, Heyward fue el primero en disparar, y rozó con su tiro la corteza de la rama, muy cerca del blanco, para gran admiración de los espectadores.

—No está mal —se burló el cazador, y procedió a apuntar, esta vez con gran lentitud, y disparar.

Los jóvenes indígenas que corrieron a buscar la bala regresaron decepcionados, pues nada habían encontrado.

—Si quieren hallar una bala del tirador del bosque —les dijo entonces Ojo de Halcón—, deben buscarla en el objeto que sirve de blanco, y no alrededor.

Los jóvenes corrieron de nuevo hacia el árbol y, en efecto, vieron que la calabaza estaba perforada por el proyectil, que la había atravesado.

Ante una prueba tan inesperada, los guerreros mostraron su admiración con palabras de asombro y respeto. Quedó demostrado entonces, sin lugar a dudas, quién era el verdadero Carabina Larga.

Cuando los ánimos se apaciguaron, el jefe delaware increpó a Heyward:

—¿Por qué pretendiste engañarnos?

—Muy pronto sabrán quién es ese hurón en quien han confiado —se limitó a contestar el oficial, y fijó la vista en Ojo de Halcón.

XIX

El jefe delaware, confundido, se volvió hacia Zorro Sutil:

—Explícanos, hermano. Toda la tribu te escucha.

Zorro Sutil avanzó hasta ponerse frente a los prisioneros y comenzó a hablar en la lengua del Canadá, que era comprendido por casi todos:

—Lo único que deseo es que mis hermanos hagan justicia. Mis prisioneros están en poder de mis hermanos, y ahora he venido a reclamarlos.

El patriarca, Tamenund, escuchaba y observaba en grave silencio.

—La justicia es la ley de Manitou, el

Gran Espíritu —dijo entonces, en medio del más profundo silencio de todos los demás, incluido Zorro Sutil—. Y por esa ley nos guiamos. Que el hurón tome lo que es suyo y se vaya —dictaminó con calma.

No había delaware que pudiera oponerse a una sentencia de Tamenund, así que en pocos segundos unos jóvenes guerreros se aproximaron a Ojo de Halcón y Heyward y les ataron los brazos con fuertes correas.

Zorro Sutil, echando una mirada de triunfo a la asamblea, aferró a Alice por un brazo y pidió a los lenapes que le abrieran paso. Esperaba que Cora, como en la ocasión anterior, al ver que él capturaba a Alice, lo siguiera por propia voluntad, pero esta vez erró el cálculo. Porque Cora, al ver que caerían sin remedio en poder de aquel hombre despreciable, corrió a arrojarse a los pies de Tamenund y le suplicó en la lengua del Canadá:

—¡Justo y venerable delaware! ¡Te imploro que demuestres tu sabiduría y tu poder y nos tengas piedad! ¡No escuches las falsas palabras de este monstruo! ¡Tú, que has vivido tanto y has visto los males del mundo, debes protegernos de la maldad de este hurón!

El patriarca la miró con pena, sin apartar la vista de aquella jovencita sufriente. Tras un momento se levantó sin ayuda de nadie y preguntó con voz firme y clara:

—¿Quién eres tú?

—Una mujer que nunca te ha hecho daño y que te implora que la socorras.

—Nuestras leyes me impiden ayudar a una prisionera blanca —respondió Tamenund con cierta tristeza.

—No te ruego por mí, sino por mis amigos, que no llegaron como prisioneros.

—Nada de lo que he oído hasta ahora puede hacerme cambiar de decisión.

—Entonces —replicó Cora con valentía—, escucha al hombre que aún no ha hablado. Escucha al otro prisionero, al que han condenado a muerte. ¡Te lo suplico, venerable y sabio anciano!

—Que venga —ordenó entonces el patriarca con voz imperiosa.

Dos guerreros fueron a buscar a Uncas, entre los murmullos de los presentes. Después, cuando apareció el joven mohicano ante Tamenund, se hizo un imperturbable silencio.

—¿En qué idioma nos hablarás? —le preguntó el anciano jefe.

—En la de mis padres —respondió Uncas—. La de los delawares.

—¿Eres un delaware? —preguntó Tamemund, profundamente conmocionado.

Uncas procedió entonces a revelar, con énfasis y aplomo, que era descendiente del último guerrero mohicano, la raza más antigua, verdadero tronco de los delawares. Sin embargo, sus palabras fueron acogidas con un griterío de indignación, ya que los presentes seguían considerándolo un enemigo colaborador de los ingleses.

Uno de los guerreros, enfurecido, se acercó a golpearlo y, al hacerlo, arrancó de un tirón la túnica que cubría el torso de Uncas.

El patriarca quedó como paralizado. Cuando volvió a recuperar el don del movimiento, señaló con lentitud el pecho del prisionero.

Y entonces toda la tribu compartió su sorpresa, cuando todos pudieron verle, en uno de los hombros, el tatuaje de la tortuga que era el signo y tótem de la auténtica raza de los padres de los delawares.

El guerrero y todos los demás retrocedieron, poseídos por un respeto casi religioso, y el patriarca se puso de pie, esperando las palabras del mohicano, que dijo con voz que resonó en toda la aldea, hablando en la lengua pura y musical de los primitivos delawares:

—Yo, que pertenezco a la raza que es la madre de las naciones, soy Uncas, el hijo de Chingachguk.

—La hora de Tamenund ha llegado —dijo entonces el patriarca, emocionado—. Agradezco al Manitou que haya enviado al que ha de ocupar mi lugar ante la hoguera del consejo. Uncas, hijo de Chingachguk, ha sido encontrado.

Así se estableció la identidad de Uncas, y su nuevo papel como jefe venerado de aquella tribu. El joven mohicano se apresuró a aclarar también las virtudes de sus amigos Ojo de Halcón y Heyward, y la inocencia de Cora y Alice. Desde luego, no olvidó citar la perfidia de Zorro Sutil.

Sin embargo, no pudo lograr la liberación de Cora, que, según las leyes inamovibles de los pieles rojas, era legítima prisionera del hurón, que procedió sin más demora a llevársela a su campamento.

Tampoco Heyward, ignorante de las reglas de los indígenas, ni Ojo de Halcón, que bien las conocía, consiguieron impedir que el traidor les arrebatara una vez más a la pobre muchacha.

XX

Uncas siguió mirando a Cora hasta que la perdió por completo de vista. En su interior, clamaba venganza contra Zorro Sutil. Después se retiró a meditar a la choza, en la que ahora era su aldea, seguido por algunos jefes, que de allí en adelante seguirían sus órdenes.

Alice partió hacia el bosque, acompañada por Tamenund. Ojo de Halcón y Heyward esperaban la declaración de guerra que sin duda era inminente.

Y así fue, en efecto. La presencia y las palabras encendidas del nuevo jefe, así como los hechos que acaban de presenciar, inflamaron en los jóvenes guerreros

la ira y el rencor contra los crueles hurones, sus enemigos. Antes de que acabara
el día, más de doscientos guerreros, entre
los que se contaban el oficial inglés y el
cazador, partieron en silencio a combatir
a los hurones.

En el camino se encontraron con
David Gamut, que les dio valiosas
informaciones sobre la aldea y las
actividades de los enemigos. Así Ojo de
Halcón y Heyward se enteraron de que
Cora se hallaba de nuevo prisionera en la
caverna, custodiada por uno de los más
feroces guerreros de Zorro Sutil.

De inmediato el oficial y el cazador
decidieron ir a rescatarla, secundados por
veinte hombres, acompañados por el
maestro de canto. Mientras tanto, Uncas
y los suyos atacarían la aldea.

El encuentro entre hurones y lenapes
fue cruento y encarnizado. En uno de los
momentos culminantes, cuando los hurones se creían dueños de la situación,
apareció Uncas a la cabeza de los cien

mejores guerreros. Agitando las manos a derecha e izquierda, el joven señaló a su gente el sitio donde estaba el enemigo y los delawares se lanzaron tras los hurones en fuga. Después, para agradable sorpresa de Uncas y los suyos, vieron aparecer a Chingachguk y Munro, que se sumaron sin vacilar a la contienda.

Las dos alas de los enemigos que huían derrotados volvieron a reunirse en el bosque. Sólo un pequeño grupo de hurones se retiraba pausado y sombrío, sin huir a la carrera hacia el refugio. En este grupo se destacaba la figura autoritaria de Zorro Sutil, que todavía intentaba a toda costa impedir que liberaran a Cora.

Al verlo, Uncas perdió toda prudencia y se adelantó con seis o siete de sus guerreros para lanzarse sobre él sin pensar en la inferioridad numérica. Ojo de Halcón lamentó amargamente tamaña imprudencia, pero no tuvo más remedio que seguir tras su amigo con los compañeros que estaban junto a él. La persecución se prolongó hasta la propia aldea de los hurones, donde, excitados por hallarse ante sus viviendas, pelearon con desesperación.

Los episodios de la pelea se sucedían como un torbellino. El tomahawk de Uncas, los golpes de Ojo de Halcón y Chingachguk y hasta el brazo nervioso de Munro se desenvolvieron con terrible actividad y pronto quedó el suelo cubierto de cadáveres. Todavía en esta ocasión Zorro Sutil pudo huir con dos de sus hombres que habían quedado ilesos, y Uncas, al verlo escapar, se precipitó a seguirlo.

Los hurones se introdujeron en una cueva abierta en la roca, de corredores como laberintos, donde las mujeres y los niños de la aldea se habían refugiado ante el ataque, y donde penetraron también los perseguidores enardecidos. El camino era cada vez más intrincado dentro de aquellas galerías, y llegó un momento en que creyeron haber perdido definitivamente a los fugitivos, hasta que vieron unas ropas blancas que se agitaban en el extremo de una de las galerías ascendentes que sin duda llevaban a la cumbre del peñón.

—¡Es Cora! —exclamó Heyward con un grito de inmensa alegría.

—¡Cora, Cora! —repitió Uncas, queriendo salvar la distancia con un salto fantástico.

En ese momento se pudo ver con claridad que dos de los fugitivos se llevaban a Cora, mientras Zorro Sutil daba instrucciones, y salían por una abertura en la que se distinguía la luz del cielo. Uncas y el mayor, con un esfuerzo sobrehumano, consiguieron salir de la cueva a tiempo de ver el camino que tomaban los raptores de Cora. Subían por un sendero muy peligroso a causa de las grandes piedras que lo cubrían.

Cora se dejó caer en el suelo. Zorro Sutil la conminó con ferocidad:

—¡Elige, mujer! Mi tienda o mi puñal.

No había tiempo que perder. Cora

guardó silencio sin variar de actitud, y Zorro Sutil levantó el brazo armado.

En el mismo instante resonó un grito y apareció Uncas, que se había precipitado desde una vertiginosa altura para caer al lado del traidor. Éste retrocedió un paso y uno de sus compañeros hundió sin vacilar su cuchillo en el pecho de Cora.

Como un tigre saltó Zorro Sutil hacia el asesino, que ya se había puesto fuera de su alcance, y en ese intento tropezó con el cuerpo de Uncas, que al caer desde tan tremenda altura había quedado un momento aturdido. Zorro Sutil, ciego de rabia, clavó cobardemente su puñal en la espalda del mohicano, que apenas si pudo reaccionar fugazmente como una fiera herida; consiguió incorporarse un poco y derribar al hurón con un supremo esfuerzo. Agotadas sus fuerzas, cayó exánime sin apartar de su enemigo una última mirada de desprecio. Zorro Sutil arrancó el puñal de la herida y lo clavó tres veces más en el pecho del delaware.

Se encaramó luego hasta lo alto de la roca y cuando estaba a un paso del precipicio por donde podía descolgarse y desaparecer, se detuvo sacudiendo su puño crispado.

—¡Los dejo aquí para que alimenten a los cuervos! —gritó con aire perverso y triunfal.

No advirtió la presencia de Ojo de Halcón, que había llegado saltando las grietas y que en aquel momento disparó con odio su rifle certero.

Zorro Sutil aflojó los brazos, agitó débilmente el puño y cayó de espaldas, cabeza abajo, en lo profundo del abismo.

Duncan Heyward, mientras tanto, había logrado acercarse. Cuando llegó al lugar donde se hallaba Ojo de Halcón, lo encontró sollozando como jamás podría haberlo imaginado de aquel hombre recio y bravo, arrodillado junto a los cadáveres de Cora y Uncas.

También Heyward, entonces, se echó a llorar sin pudor, mientras abrazaba el cuerpo inerte de la hija mayor de Munro.

El sol del día siguiente halló de duelo a la nación de los delawares. En vez de celebrar la victoria sobre los enemigos hurones, se realizaron las ceremonias fúnebres por el mejor de los guerreros entre los pieles rojas y por la más hermosa y valiente de las mujeres carapálidas.

El cuerpo de Uncas fue depositado en actitud de reposo, frente al sol naciente, con todos los instrumentos de guerra y de caza listos para su última travesía final. David Gamut entonó un triste canto que escucharon con lágrimas las jóvenes indígenas, las cuales habían cubierto de flores de la selva el lecho donde yacía la mujer blanca.

Munro, Heyward y Ojo de Halcón lloraban en silencio.

El viejo jefe Chingachguk permanecía inmóvil frente a su hijo muerto.

Más tarde, los blancos —Munro,

Heyward y David Gamut— fueron a reunirse con Alice, desconsolada por la muerte de su hermana, y volvieron con los suyos.

Ojo de Halcón se marchó con Chingachguk. Los dos valientes y sabios habitantes de los bosques se alejaron juntos, con pasos lentos, hasta perderse en la espesura, donde ya no volvería a caminar la planta ágil del último de los mohicanos.

JAMES FENIMORE COOPER

James Fenimore Cooper nació en Burlington (New Jersey, Estados Unidos) en 1789 y falleció en Cooperstown (Nueva York) en 1851.

El joven Cooper se crió en una zona del Estado de Nueva York, Cooperstown, que fundó su padre —terrateniente y juez—, rodeado por tierras salvajes en las que convivían los pioneros y los indios, y que luego servirían de escenario a su obra literaria.

Inició la carrera naval, tras haber sido expulsado de la universidad de Yale, y llegó a alcanzar el grado de teniente. Se casó con una joven perteneciente a una prestigiosa familia de Nueva York, y durante cinco años realizó un periplo por Europa, que incluso lo llevaría a ejercer como cónsul en Francia.

En 1823 publicó *Los pioneros*, que sería la primera novela de la serie LEATHERSTOCKING TALES (Cuentos de pantalón de cuero) cuyo personaje principal es un trampero, Natty Bumpoo, que sin duda evoca la mítica figura de Daniel Boone. Seguiría *El último mohicano* (1826), la segunda novela de la serie, *La pradera* (1827), *El trampero* (1840) y *El cazador de ciervos* (1841).

También fue autor de obras de contenido social y político que no obtuvieron una buena acogida entre el público y la prensa. Sus ideas fueron tachadas de reaccionarias al oponerse a la distribución de las tierras entre los inmigrantes en detrimento de la gran pradera que era así parcelada.

Sin embargo, Fenimore Cooper es hoy considerado uno de los grandes escritores del siglo xix y fiel exponente de la literatura eminentemente norteamericana, pues sus obras reposan en la temática propia del país: los indios, la destrucción de la pradera, los paisajes y el Lejano Oeste.

Murió a los 62 años, con la opinión pública en contra debido a su reputación antidemocrática.

NUEVA BIBLIOTECA BILLIKEN

Las grandes obras de la literatura universal

UN CAPITÁN DE QUINCE AÑOS

de Jules Verne

A finales del siglo XIX, el barco ballenero *Pilgrim* zarpa con escasa tripulación —cinco marineros, un grumete, un cocinero y cuatro viajeros ocasionales— de Nueva Zelanda rumbo a California, de regreso después de una mala temporada de pesca.

En el transcurso del viaje los tripulantes se enfrentan a varias sorpresas: un barco naufragado y un desgraciado accidente que obliga al grumete Dick Sand —de tan sólo quince años— a tomar el mando de la nave con su limitada experiencia.

De pronto, la travesía se convierte en un viaje sin rumbo que los transporta a la África negra en plena época de la trata de esclavos. El joven Dick Sand deberá utilizar su ingenio para salvar a los miembros de su tripulación del peligro que los acecha.

Jules Verne, autor de innumerables novelas de aventuras, presta al joven protagonista de *Un capitán de quince años* las cualidades necesarias para convertirlo en un auténtico héroe.

LA ISLA DEL TESORO

En un pequeño pueblo de la costa de Inglaterra, el joven Jim Hawkins conoce a un viejo marinero borracho y malhumorado, que al morir deja el mapa de un tesoro: un codiciado alijo de oro y plata enterrado por el legendario pirata Flint en una lejana isla tropical.

El caballero Trelawney —autoridad local—, el médico y Jim deciden zarpar a bordo del *Hispaniola*, en busca del fabuloso botín. Sin embargo, entre los miembros de la tripulación también se han enrolado unos codiciosos y siniestros personajes, antiguos esbirros del Pirata Flint, que pretenden valerse de la expedición para apoderarse del tesoro.

Robert Louis Stevenson, conocido como "el vagabundo del Pacífico", confiere a sus brillantes historias su propia pasión por la aventura.

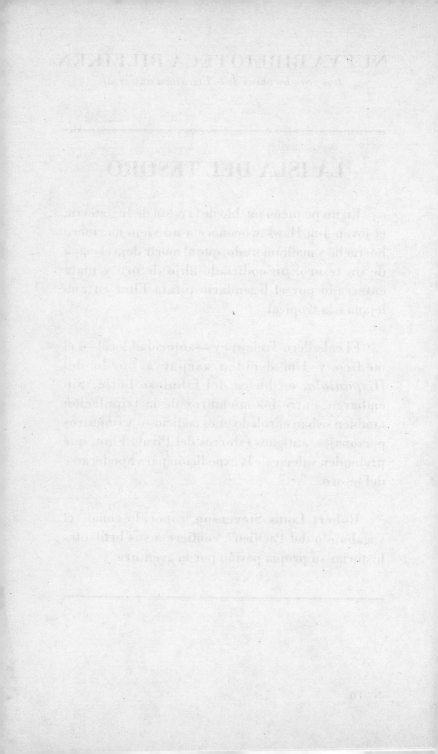